Eva-Maria Schmidt

Die Glückliche

ENSSLIN & LAIBLIN VERLAG REUTLINGEN

Umschlaggestaltung und Foto: Bruno Ensslen Studios

1. – 10. Tausend

 Satz: ensslin-typodienst. Reproduktion: Grafische Kunstanstalt Willy Berger, Stgt.-Feuerbach. Gesamtherstellung: May & Co., Darmstadt. Printed in Germany.

ISBN 3-7709-0486-9

Erster Morgen

Beate erwachte sehr früh. Noch halb im Schlaf hatte sie gespürt, daß der Tag heute anders war als sonst. Sie setzte sich im Bett auf, schloß aber die Augen wieder, weil das Morgenlicht durch das unverdeckte Fenster auf ihr Gesicht fiel und sie blendete. Erst nach einer Weile konnte sie sich umschauen. Du lieber Himmel! Sie waren gestern hier eingezogen.
Spät am Abend war der Möbelwagen durch das niedrige Stadttor gerollt. Der Beifahrer mußte aussteigen und die Höhe mit den Augen messen. »Es geht, Sepp«, sagte er. »Sei aber vorsichtig! Die leben hier noch auf dem Mond mit ihren saublöden Verkehrshindernissen.«
Der Fahrer tastete sich durch das mittelalterliche Steintor und fluchte leise. Mama, Daniel und sie zogen unwillkürlich den Kopf ein. Dani griff sogar ängstlich nach der Hand seiner Schwester, während Mama im grellen Licht der Autoscheinwerfer irgendwo Papas Schatten auf der Straße zu erspähen hoffte. Es waren nur noch drei- oder vierhundert Meter, bis sie vor dem hohen Gebäude hielten und von ihren Sitzen springen konnten. Der Vater erwartete sie und rief: »Willkommen! Willkommen in unserem neuen Haus!«
Danach war alles schnell gegangen: Die Packer schlugen in der Wohnung, die über den Diensträumen lag, die Betten auf. Ein fremdes Mädchen zauberte das Bettzeug aus einer großen Kiste und hatte im Handumdrehen alles bezogen. Kurz darauf waren die Geschwister in den Betten verschwunden. Sie hörten und sahen nichts mehr von der Räumerei, so müde

waren sie. Schließlich hatten sie stundenlang geholfen, leichtes oder sperriges Zeug in den Möbeltransporter zu tragen. Danach war die Wohnung leer und verlassen. Öde. Und besenrein gefegt.

An diesem Morgen gähnte Beate lange. Das neue Haus! Papa hatte eine halbe Staatsaktion aus dem Umzug gemacht. Typisch! Aber was war das schon! Zogen nicht Tausende von Menschen am gleichen Tag von einem Ort in einen anderen? Jeder hatte natürlich einen besonderen Grund dafür.

Ihr besonderer Grund war Vaters Wunsch, aus der großen Stadt hinaus aufs Land zu ziehen. Richter in einem ländlichen Bezirk zu sein – das war schon immer sein Ziel. Nun hatte es endlich geklappt.

»Nur ein paar Jahre, Clarissa! Es ist auch gut für Daniel und Beate. Weil sie hier einen größeren Freiraum haben . . .«

Natürlich war Mama seiner Meinung. Sie mochte das hektische Stadtleben auch nicht. Also gut: mehr Freiraum!

Beate ahnte, daß noch etwas anderes dahintersteckte, das eine wichtige Rolle für ihn spielte. Irgendetwas Dienstliches. Sie kannte ihren Vater genau: er war irgendwie »besonders«. Mischte sich nicht gern unter fremde Menschen. War am liebsten sein eigener Herr. Und das nächste Oberlandesgericht war weit . . .

Natürlich war er kein bißchen eigensüchtig und drückte sich auch nicht vor dicken Aktenbündeln. Das war es also nicht. Ja, er war der liebste, beste und aufrichtigste Mann, den es gab. Sie korrigierte sich in Gedanken selbst: den sie kannte. So ungefähr sagte Mama das auch . . .

Alle diese Gedanken flogen ihr durch den Kopf, als sie, noch immer im Bett hockend, sich endlich an das helle Morgenlicht gewöhnt hatte. Wie lange brauchte sie dazu? Fünf oder zehn Minuten? Sie wußte es nicht. Jedenfalls hatte sie empfindliche Augen. Der Vater erklärte es ihr einmal, als sie sich auf dem Heimweg vom Augenarzt befanden, drei Jahre mochte

das her sein: »Weil du so ein heller Typ bist, Beate. Menschen mit heller Haut und so blondem Haar wie du haben gewisse Schwierigkeiten mit der Adaption ihrer Augen.«
So? Adap-ti-on?
»Gewöhnung an Lichtunterschiede. Nichts Schlimmes, Kind. Eine angeborene Eigenart deiner Augen, die in der Familie deiner Mutter typisch ist. Aber du solltest daran denken, wenn dir die Augen weh tun, und dann ein paar Minuten die Lider schließen.«
Aha.
Die paar Minuten waren jetzt bestimmt vorbei. Sie mußte nicht mehr blinzeln und sprang mit einem Satz aus dem Bett. Daniel! Er schlief natürlich immer noch, das Murmeltier. Er konnte in jeder Stellung schlafen. Beate behauptete, daß er das sogar im Stehen fertigbrächte, wenn es ihm nicht gelang, sich vorher hinzulegen. Verrückt! Sie hatte sich selbst am meisten über diese Feststellung amüsiert.
»Dani!« rief sie leise.
Nichts.
»Daniii!«
Nichts.
Sie rüttelte ihn an der einen sichtbaren Schulter.
»Wach auf! Los! Es muß noch ganz früh sein. Du darfst den ersten Morgen nicht verpennen. Wir sind im neuen Haus!«
Sehr langsam schob sich das Deckbett zurück. Ein dunkler Schopf wurde sichtbar. Ein rundes Gesicht, eine kleine, feste Hand und ein kräftiger Arm. Dann der andere, und beide umschlangen, noch halb im Erwachen, die über ihn gebeugte Schwester.
»Aufstehen?« murrte er. »Warum?«
»Weil's schön ist. Draußen und überhaupt. Alles wahnsinnig spannend.«
»Spannend?« sagte er schon deutlicher und richtete sich auf. »Scheußlich unaufgeräumt!«

Er betrachtete, Abwehr im Blick, das Chaos ringsum: die wahllos und zahllos aufgestapelten Kartons und Kisten. Die Wäschestöße, die in einer Ecke zusammengerutscht waren.
»Ich bleib' liegen, bis Mama mich ruft.« Er wollte sich wieder zusammenrollen.
»Raus!« befahl Beate. »Die schlafen bestimmt noch. Hast du deine Uhr da?«
»Mensch! Erst 5 Uhr! Und du weckst mich. Zisch ab!«
»Nix. Raus!«
Also gut, er kam ja schon. Der Schwester mußte man gehorchen. Nicht nur, weil sie die Ältere war, sie war – ach, wie hätte er es besser ausdrücken können! –, sie war sein »ein und alles«. Diesen Ausdruck hatte er sich aus einem blödsinnigen Roman gemerkt. Er paßte haargenau.
»Warum feixt du?« Beate, an die langsamere Reaktion ihres Bruders gewöhnt, fragte es streng und ungeduldig.
»Weil du mein ein und alles bist!«
Verrückter Kerl. Sie faßte in sein Haar, das struppig hochstand. »Du bist blöd. Wenn du zu mir sagtest: »Du bist superspitzenklasse, könnte ich's dir glauben. Aber so . . .«
»Ich sage es eben so. Und wenn du dran eingehst.«
Sie lachten beide.
»Komm!«
Sie zog ihn aus dem Zimmer und über den langen Flur in den gegenüberliegenden Raum. Nichts regte sich in der Wohnung. Wo schliefen die Eltern? War das Mädchen von gestern abend auch irgendwo? Beate legte den Finger an den Mund und wiederholte: »Komm!«
Und dann sahen sie ihn – drei Stockwerke tief unten – während sie sich weit zum Fenster hinauslehnten: den Garten. Den Garten im frühen Morgenlicht!
Das Fensterbrett war schmal und kantig. Sie hielten sich am Rahmen des geöffneten Fensters fest. Der Garten leuchtete. Das Gras zwischen den vernachlässigten Beeten glitzerte von

Tau. Die roten Blüten der Stangenbohnen leuchteten glühend. Blaue, gelbe, violette und weiße Schwertlilien hatten sich in der Nähe eines tropfenden Wasserhahnes angesiedelt.
»Iris!« flüsterte Beate andächtig. »Hab' ich noch nie in einem Garten gesehen. So viele auf einmal!«
»Das sind Schwertlilien. Bestimmt. Hatten wir mal in Bio. Schmetterlingsblütler.«
»Ist doch dasselbe. Aber ‚Iris' klingt viel schöner als deine dämlichen ‚Schwertlilien'. Weil man sich bei Iris die Farben besser vorstellen kann. Außerdem ist es ein friedlicher Name. Er flirrt ein bißchen.«
Daniel machte erst gar nicht den Versuch, ihr zu widersprechen. War ja auch egal. Auf jeden Fall war es herrlich, von hier oben in den Zaubergarten zu schauen.
»Er ist groß, was?«
»Ja.«
»Und das ist ein Birnbaum?«
»Ja. Alt und knorrig. Wahrscheinlich kriegt er keine Früchte mehr. Alte Bäume schaffen das nicht. Oder die Birnen schmecken sauer und bitter.«
Beate nickte. Sie hatten beide Erfahrung mit wildwachsenden Kirsch- und Zwetschgenbäumen. Auch diese Birnen würden sie kosten, spätestens in vier oder fünf Monaten . . .
Ihre Ellenbogen taten ihnen weh, sie hatten schon ganz tiefe Rillen. Die Zehen kribbelten, weil sie sich nur auf sie stützten. Wie auf Verabredung schlichen sie in ihr fast leeres Zimmer zurück, zogen ihre Kleider an, die irgendjemand auf die Hocker gelegt hatte. Sie fuhren sich mit dem Kamm durchs Haar. Daniel mußte seiner Schwester helfen. Sie kam nie allein damit zurecht.
Ihr seidenweicher, blonder Schopf verfilzte sich stets während des Schlafens.
»Gut so?«
»Ja. Gut. Danke, Dani.«

Vorsichtig drehte Beate den schweren Schlüssel im klobigen Kastenschloß der Korridortür. Es quietschte leise.

»Nimm ihn, Dani.«

Dann gingen sie auf Zehenspitzen die breiten Holzstufen hinunter. Das Treppenhaus wölbte sich über ihnen und warf jedes Geräusch mit einem kleinen Nachhall zurück. Wie viele Stufen? Fünfzig? Hundert? Sie wollten sie später zählen.

Die schmale grüne Hintertür war unverschlossen. Die drei verwitterten Steinstufen, die in den Hof führten, wackelten. Beate übersprang sie mühelos, wandte sich aber sofort um und reichte Daniel ihre Hand. Er stolperte so oft. Auch diesmal ging er kurz nach dem Sprung in die Knie, und sie fragte:

»Hat's weh getan?«

»Nein. Es ging.«

Der Hof war gepflastert. Die Steine grau und moosig. Bucklig. Jeder anders.

Auch uralt, dachte Beate, als sie, Daniel hinter sich lassend, auf die Scheune zusteuerte, deren Tür einen Spalt offenstand und schief in den Angeln hing. Sie öffnete sie ganz, und Dunkelheit gähnte sie an. Eine angenehme Dunkelheit, die nach Holz, Staub und alten Zeiten roch.

Allmählich erkannte Beate die Seitenwände, den Boden, der dünn mit Sägemehl bedeckt war, und die kleine Holztreppe, die nach oben führte.

»Bleib«, sagte Daniel. »du weißt nicht, was da oben los ist.«

»Ich will es aber wissen.«

Oben war fast nichts: ein altes Kummet aus rissigem Leder, überstaubt, an einen Nagel gehängt. Eine Heugabel, verrostet, an die Wand gelehnt. Beate meldete es nach unten.

»Noch was?«

»Verdammt, au! Ja. Alte Stühle. Sessel mit hohen Lehnen. Prima bequem. Komm doch, Mensch!«

Er dachte gar nicht daran: Es war unmöglich, die Schwester zu bremsen, wenn sie auf Entdeckungsreisen ging. Das wußte er nur zu genau. Vor Jahren, als sie in dem halbzerfallenen Stadtturm ihres früheren Wohnsitzes herumgestiegen waren, er immer in gehörigem Abstand, war Beate abgerutscht. In die Tiefe gefallen. Er hatte sich nicht zu helfen gewußt und war heulend durch die Straßen gerannt, von niemandem beachtet. In Vaters Dienstzimmer im Gericht am Dürerplatz stammelte er: »Sie ist . . . komm schnell . . . ich konnte nicht . . .«

Auf der Rückfahrt im Auto hatte Papa immer dasselbe gefragt: » . . . und du konntest ihr wirklich nicht helfen, Dani? Sie nicht retten? Schrie sie? Weinte sie? Sag schon!«

Daniel sah den Vater hilflos an: »Nein. Sie keuchte bloß.«

So ein Theater!

Was kam dabei heraus? Eine unverletzte Beate, die ihnen entgegenrannte. Die sich selbst gerettet hatte.

»Nix passiert, Papa.«

»Daniel! Heulheini! Bist zehn Jahre alt! Keine Initiative!«

Vater hörte mit seinen Vorwürfen gar nicht auf. Und weil Daniel das Wort Initiative nicht verstand, traf ihn der Tadel um so mehr. Mochte sie also jetzt da oben sitzen, in ihren Lehnstühlen, bis sie schwarz wurde. Ihr passierte nie etwas. Sie hatte immer Glück. In allem. Und weil sie das wußte, war sie so unverschämt unvorsichtig . . .

Danach zogen sie in den Garten. Beate erhitzt, staubig, Spinnweben im Haar. Atemlos. Er still und versonnen.

Aber wie aus einem Munde sagten sie dasselbe Wort: Super!

Der Birnbaum trug doch Früchte. Winzige, knallgrüne. Viele. Sie würden groß und saftig werden und kein bißchen sauer oder bitter. Wieso?

»Weil ich's mir wünsche. Ich hab's dir hundertmal gesagt: wünsch dir was ganz doll. Das haut hin. Ehrenwort! Aber du tust es nicht. Stur. Mama sagt, das sind die zwei entscheidenden Jahre, die uns trennen. Der Altersunterschied. Gleicht sich später aus, sagt sie. Wenn du zum Beispiel zwanzig bist und fast ein Mann, und ich zweiundzwanzig und vielleicht schon bewaffnet mit Ehemann und Kindern, dann haben wir gleichgezogen, und ich kann deinen Rat wahrscheinlich ab und zu brauchen.«

Wieso sagte sie »bewaffnet«?

»Weil man, sobald man erwachsen ist, sorgen und kämpfen muß. Ob der Mann treu ist. Oder ob er genug Geld verdient. Ob die Kinder krank oder faul oder dumm sind und Legasthe . . . also, wenn sie die Wörter nicht richtig schreiben können. Eben alles. Da braucht man ‚Waffen'.« Sie drehte sich auf dem Absatz.

Er starrte sie an: »Was für welche?«

»Innere. Mut, glaube ich. Mit Mut kommt man ganz schön durch. Wenn du erst mal vierzehn bist wie ich . . .«

»Wirst du erst im August.«

Schrecklich. Daniel war so furchtbar genau. Das hatte er von Papa. Das gehörte zu seinem Beruf, weil er doch immer sehr vorsichtig mit den Paragraphen jonglieren mußte. So sagte er selbst. Gerecht sein. Alles bedenken. Alles wissen. Schwierig. Trotzdem fand Beate seinen Beruf schön. Wenn er zum Beispiel in seinem Talar – oder hieß es ‚Robe'? – runter in den Sitzungssaal ging. Würdig. Einmal, in dem früheren großen Gericht, hatte sie ihn zufällig so gesehen. Spitze! Die Leute, die ehrfürchtig auf ihn warteten, konnten ja nicht wissen, daß er kurz vorher gefragt hatte: »Clarissa, hast du mein schwarzes Nachthemd aus der Reinigung geholt?«

Mama hatte gekichert und es aus der Plastiktüte genommen. Zu schön.

Jetzt aber waren sie hier, und der Morgen schimmerte frisch und neu. Ihren ersten Erkundungsgang hatten sie hinter sich. »Du«, sagte Beate, »Dani, ich habe das Gefühl, alles hier wird unheimlich schön und spannend.«

Glück unter Dach und Fach

Ein junges, hübsches Mädchen stand in dem halbdunklen Laden, in dem Herr Albers seine Antiquitäten und seinen Trödel verkaufte.
Sie war hier Stammkundin. Sie liebte schöne alte Dinge, die aber nicht zu teuer sein durften. Sie mochte das dürre, alte Männchen mit der schmalen Nickelbrille, das seine Schätze sorglich und argwöhnisch hütete, als trenne es sich am liebsten von keinem Stück. Nicht von dem Blatt, aus einem alten Buch gelöst. Nicht von den blind gewordenen Glasperlenketten. Nicht von den verstaubten Büchern und den Bildern, die die dunklen Wände lückenlos bedeckten.
Sie war gewöhnt, daß Herr Albers im undurchdringlichen Hintergrund seines kleinen Ladens unter Stöhnen und Seufzen irgendetwas zu ordnen versuchte. Ihr »Guten Tag!« beantwortete er nur mit einer zustimmenden Handbewegung. Auch hatte sie noch nie einen anderen Käufer angetroffen. Das war ihr sehr recht. So kramte und wühlte sie nach Herzenslust in Kästchen und Schubladen, immer bemüht, nicht noch mehr Unordnung zu stiften.
Die Ladenglocke schepperte. Das junge Mädchen drehte sich nicht um. Sie hatte unter einem Berg bunter Tücher einen Fächer entdeckt. Er war aus dünnem Holz, mit fein eingeschnitzten Mustern und handschriftlichen Widmungen versehen. Sie konnte sie nicht entziffern, denn sie war kurzsichtig und brauchte zum Lesen helles Licht. So schlug sie den Fächer spielerisch ein-, zweimal auf und zu. Staub flog ihr ins Gesicht. Ihre Augen fingen sofort zu tränen an. Sie blinzelte in Richtung Ladenhintergrund: »Dieser Fächer . . . er gefällt mir sehr. Ist er teuer?«
Unsicherheit schwang in ihrer Stimme. Der Alte kam näher, ohne sich um den neuen Kunden zu kümmern, der in einer anderen Ecke in alten Büchern schmökerte.

»Der Fächer«, krächzte er, »der Fächer?« Er musterte das Mädchen durch seine starken Gläser, und hob den Fächer prüfend gegen das karge Licht, das durch die Ladentür fiel. »Für Sie, Fräulein Lamprecht, sagen wir mal – zehn.«
Sie war sich im stillen längst einig, daß sie ihn haben wollte, und wenn er das Zehnfache kostete. Deshalb zögerte sie. Sie wollte Herrn Albers auf keinen Fall übervorteilen. Vor einigen Wochen hatte er ihr das »Gebets- und Gesangbuch für die christliche Familie« von 1860 für nur fünf Mark überlassen. Fast geschenkt.
»Ich zahle gern mehr«, sagte sie schüchtern. »Ich will nicht, daß Sie mir . . .«
»Papperlapapp«. Nehmen sollte sie ihn, aber selber saubermachen. »Und geben Sie acht – das Seidenbändchen ist schon recht mürbe. Wer weiß, wer ihn mal getragen hat.«
Er kicherte und wickelte den Fächer in ein Stück Papier. Als sie bezahlen wollte und ihren Zehnmarkschein nicht gleich fand, rutschte ihr das Geldtäschchen aus der Hand. Sein ganzer Inhalt rollte auf den Boden.
Der andere Kunde und sie bückten sich gleichzeitig und kamen gleichzeitig wieder hoch. Sie sahen sich an: sprachlos.
Dann: »Du – Clarissa?«
Und: »Du, Philipp?«
Er hielt das Buch, in dem er eben noch geblättert hatte, zugeklappt in seiner linken Hand; sie den eingewickelten Fächer in der rechten. Ganz mechanisch las sie den Titel des dunkelgrünen Bandes. Er war in Gold geprägt und hieß »Rangliste des Königlich-Sächsischen Infanterieregimentes 103«.
Seltsam, dachte sie, ich lese das, und er ist hier.
Er.
Philipp war ein Freund ihrer älteren Schwester gewesen und in ihrem elterlichen Hause ein- und ausgegangen. Zehn Jahre mochte das her sein, oder neun. Clarissa war damals fünfzehn, er über zwanzig. Sie war noch ganz kindlich gewesen.

Schlaksig und mit einer unangenehmen Akne auf der Stirn, die sie unter Ponys verbarg. Und wenn das schon schlimm genug war, so war viel schlimmer, daß sie sich in ihn verliebte. Heftig. Viel, viel heftiger als ihre Schwester, die sich ein halbes Jahr später von ihm trennte. Oder er sich von ihr? Clarissa erfuhr den wahren Sachverhalt nie und wollte ihn auch gar nicht wissen. Jedenfalls tauchte Philipp nicht mehr bei ihnen auf. Für sie war es unfaßbar.

Clarissa suchte und fand die Straße, in der er wohnte. Möbliert. Als Student. Jura im zweiten Semester. Sie fuhr, sooft sie konnte, mit ihrem Rad an »seinem« Haus vorbei. Hoffend, zugleich fürchtend, ihn zu treffen. Von ihm entdeckt zu werden . . .

Sie deutete auf das dunkelgrüne Buch in seiner Hand: »Immer noch?« fragte sie.

»Ja, immer noch. Du hast es also nicht vergessen, mein verrücktes Hobby?«

Sie schüttelte heftig den Kopf, als wolle sie sagen: Und dich auch nicht.

Der Alte stand still hinter dem Ladentisch. Dann nahm er dem jungen Mann das Buch aus der Hand, packte es ein und sagte kurz: »Kommen Sie in den nächsten Tagen wieder, Herr Sievert. Ich hätte da noch was für Sie: Erinnerungen eines Ordonnanzoffiziers aus dem 70er Krieg.«

Sie kamen beide wieder. Zusammen. Philipp und Clarissa. Eine Woche später. Er kaufte die »Erinnerungen« und bezahlte die »Rangliste«, und dann erwarben sie den wunderschönen Biedermeierspiegel, den ihnen Herr Albers anbot. »Noch aus der Zeit!« sagte er andächtig und umhüllte ihn mit dreifachen Lagen von Zeitungspapier. Philipp trug die Kostbarkeit unterm Arm. Zu schön.

Aber er paßte ja gar nicht in ihr schmales Zimmer, das sie in der Straße neben der Schule, in der sie unterrichtete, be-

wohnte. Natürlich paßte er. Philipp sah lächelnd auf sie nieder: »Die kleine Clarissa! Ich habe dich niemals ganz vergessen. Das Mädchen, das sich hinter der Gardine versteckte.«
»Du wußtest also?«
»Vielleicht. Und einmal sah ich dich auf dem Fahrrad an mir vorbeiflitzen. Du warst ganz zerzaust und tratest in die Pedale wie ein Radrenner, und hinter dir . . .«
Sie lachte: »Ach, das! Das war bloß ein Junge aus unserer Straße. Ich war sozusagen ständig auf der Flucht vor ihm.«
»Und ich dachte damals: Sie ist gar nicht bloß scheu. Sie hat Temperament.«
Er sah sie prüfend an: »Wie bist du nun eigentlich?«
»Ich weiß es nicht. Weiß man das von sich selbst so genau?«
Und dann, wieder scheu und sanft: »Vielleicht lerne ich mich einmal kennen. Durch dich. Vielleicht.«

Sie heirateten ein Vierteljahr später. Nach einem Jahr wurde Beate geboren. Sie waren vollkommen glücklich und nannten sie Beate: die Glückliche. »Weil sie unser Leben noch lebenswerter macht, Clarissima.« Ach Philipp! Er kam auf die merkwürdigsten Gedanken. An ihm war ein Dichter oder ein Philosoph verlorengegangen. Unsinn. Er war nichts als ihr Mann. War das nicht mehr als alles?
Zwei Jahre später kam Daniel zur Welt. Durften sie noch glücklicher sein?
Der Spiegel hing nun in der Diele, und die Tapete war apfelgrün, wie ihnen Herr Albers geraten hatte. Es war das erste Stück, das seinen festen Platz fand.
Den Garten ließen sie zunächst unverändert. Auch hierbei dachten sie an den alten Mann. Wie sagte er beim Abschied: »Alte, schöne Dinge soll man so lassen, wie sie sein wollen.«
Aber das neue Spiegelglas?
Das war freilich nötig geworden. Es gibt eben die berühmte Ausnahme von der Regel.

Sie hatte es eilig gehabt, den Leib ihrer Mutter zu verlassen, und obwohl zart von Gestalt, behaupteten die Schwestern in der Klinik, sie sei ein kräftiges Baby. So gedieh sie auch ohne die geringsten Schwierigkeiten. Sie lief, kaum ein Jahr alt, wie ein Wieselchen durch die enge Wohnung, die die Eltern sich so gemütlich unter der Dachschräge eingerichtet hatten. Bald plapperte sie jedes Wort nach, das sie aufschnappte. Kletterte auf Stühle, Tische und Vaters geheiligten Schreibtisch, betrachtete seine Heere von Zinnfiguren, die er auf der glatten Fläche aufgestellt hatte.
Clarissa notierte, daß Beates erstes einwandfrei gesprochenes Wort »Napoleon« gewesen sei.
Daniels Geburt machte der Mutter mehr zu schaffen. Ein Glück, daß Beate, nun fast zwei Jahre alt, schon sehr selbständig war und sich von Anfang an brennend für den winzigen Bruder interessierte. Stundenlang saß sie neben seiner Wiege und spielte mit ihrer Puppe, die Mama gestrickt hatte. Sie fütterte sie, wickelte sie, wie Mama den Daniel, und summte sie in den Schlaf. Sie war aber sofort, wie ein kleiner Meldegänger, bei ihrer Mutter in der Küche: »Er weint.«
Daniel wurde ein Krabbelkind. Er dachte gar nicht daran, sich aufzurichten, sosehr Beate sich auch darum bemühte. Sie wollte ihn führen, woraus meistens nur ein Hinterherschleifen wurde. Doch dann machte er, eines unerwarteten Tages, seine ersten zaghaften Schritte, tatsächlich an ihrer Hand. Plötzlich stand sie mit ihm auf den ersten Treppenstufen, die in die Welt führten, und hätte die Mutter den kühlen Luftzug nicht gespürt, wären Bruder und Schwester auch noch die nächsten Stufen hinunterbalanciert.
»Du meine Güte! Beate!«
»Nix passiert, Mama«, sagte sie fröhlich. »Ich habe ihn fest an der Hand.«

Ja. Sie hatte ihn fest an der Hand, und er überließ sie ihr willig. Sie brauchten keine anderen Spielgefährten, und alles Spielzeug gehörte ihnen gemeinsam. Sie ließ seine Lokomotive schnurren, und er durfte die neugestrickte Elvira ausfahren. Rund um den Tisch.

»Beate puella beata est«, sagte der Vater, und die Mutter: »Ja, sie ist eine glückliche Natur.«

Später kam der gefährliche Schulweg mit der Kreuzung.

»Ja, ja, ich komm schon heil zurück. Du mußt nicht mitkommen, Mama, oder mich hinfahren. Ich kann das.«

»Ich kann das« war Anfang und Ende ihres Selbstbewußtseins. Und wirklich: man konnte sich auf sie verlassen. Keine Sorge um Beate. Sie bummelte nie. Weder vor noch nach, noch in der Schule. Sie lernte leicht und konnte schon zu Weihnachten das Buch lesen, das Tante Gudrun ihr geschickt hatte. Es hieß »Der Pirat« und war eigentlich ein Jungenbuch. Deshalb las sie es ja auch Daniel vor, der sich nicht erlauben durfte, nicht zuzuhören.

Kapierte er die Geschichte nicht?

Daniels Zuckertüte aßen sie später gemeinsam leer. An einem einzigen Nachmittag. Und gemeinsam mußten sie ihr Bauchweh im Bett kurieren. Aber während Daniel wimmerte und stöhnte, sagte sie nur ab und zu: »Verdammt. Das zwirnt vielleicht in meinem Bauch.«

Sobald es ihr besser ging, bauten sie Höhlen aus ihrem Bettzeug. Sie waren nun Piraten, die anderen Piraten auflauerten, und schließlich waren sie damit so beschäftigt, daß sie zum Abendessen erschienen und echten Hunger hatten. Daniel zwar noch blaß und still, Beate aber frisch und rosig und sprudelnd vor guter Laune. Wie immer.

»Woher hat sie das bloß, Clarissa? Aus deiner oder meiner Familie?«

Sie rätselten beide. Philipp war eher bedächtig, ein wenig spröde im Umgang mit Menschen, wurde langsam warm, konnte dann aber ein amüsanter Unterhalter sein. Clarissa? Gewiß, sie war klug und zärtlich. Verständnisvoll, nachdenklich. Aber leider auch nie ganz frei von Bedenken und Ängsten. Vor allem dann, wenn es ihre kleine Familie anging. So unproblematisch-heiter wie ihre Tochter war sie nie. So gelöst und glücklich konnte sie nicht einmal mit ihrem Mann sein. Irgendwo, tief in ihr, steckte ein Tropfen Schwermut, der Beate scheinbar ganz erspart worden war.

Daniel wurde ein mäßiger, aber zuverlässiger Schüler, der zu allem die doppelte Zeit brauchte, Beates Hilfe jedoch standhaft ablehnte.

»Laß mich's allein machen«, sagte er ruhig, und sie ging.

Zu ihrem dreizehnten Geburtstag überreichte er ihr einen auf weiße Pappe gemalten Spruch, verziert mit Rosen in allen Farben. »Lila auch?«

Ja, lila auch. »Beate puella beata est.«

Lieb von ihm! Aber leider hatte er das eine l in puella vergessen. Machte nix. Sie schmuggelte es irgendwie hinein und hängte den Spruch über ihr Bett. Wenige Monate danach mußte sie ihn wieder abnehmen, denn sie zogen um. In eine andere Stadt. In ein großes Haus. In das Gerichtsgebäude in der kleinen Stadt, in dem Vater nun residieren würde.

»Residieren? Quatsch! Er macht hier dasselbe wie vorher. Was Höheres ist er nicht. Will er gar nicht sein!«

Da hatte Daniel recht: so war Papa. Nicht umsonst hieß sein Wahlspruch über seinem Schreibtisch, umkränzt von Eichenlaub und Schwertern: »Mehr sein als scheinen«. Darunter: General von Schlieffen.

Gut, was? So und nicht anders sollte ihr Vater sein. Etwas still und kühl. Aber immer bereit, ihnen zu erklären, was sie verlangten. Er wußte alles. Warum meldete er sich nie beim Fernsehen zu einer Quizsendung? Fachgebiet Uniformkunde oder wenigstens »Napoleons gewonnene und verlorene Schlachten«?

Papa würde ganz bestimmt gewinnen und einen Haufen Geld mit nach Hause bringen. Das konnten sie nämlich jetzt nötig brauchen. Nach dem teueren Umzug.
»Tut er nicht«, sagte Daniel. »Er mag sich nicht vor allen möglichen Leuten ausstellen. Es reicht ihm, daß er's weiß.«
Klar, es reichte ihm. Es reichte für sie alle. Beate mußte ihrem Bruder recht geben.

Elsa

Mama hatte drei fabelhafte Talente: sie schuf Ordnung und hielt sie konsequent ein. Herrlich, alles immer zu finden: jede Socke, jeden Turnschuh und jedes geliehene Buch.
Sie konnte Klavier spielen. Keine großen Sachen, die sie herunterdonnerte. Nein: nur so was Kleines von Schubert oder Chopin oder Mozart. Mozart vor allem. Aber auch Mendelssohn, den Beate besonders mochte. Seinetwegen machte sie in letzter Zeit ziemlich gute Fortschritte auf ihrer Gitarre, die bisher eher ein stilles Dasein geführt hatte.
Und drittens konnte Mama in kürzester Zeit alles um sich herum unheimlich gemütlich machen. Geschickt und wie nebenbei stellte sie die gesammelten schönen Krüge dorthin und hing die Wandteller hierhin. Legte den alten Fächer in die Vitrine, halb geöffnet, damit man ordentlich neugierig wurde, und nagelte Großvaters Pfeifen, lange Dinger mit Porzellanköpfen, darüber. Schnupftabaksdosen ins Bücherregal. Und die Bilder! Sie scheute sich nicht, ganz moderne neben ganz altmodischen Stichen anzuordnen. Und immer sah es aus, als – na, wie von selbst. Genau richtig.
Unmöglich zu denken, daß über Mamas Schreibsekretär nicht das alte Bild gehangen hätte, diese alte Fotografie. Es stellte eine Ururgroßtante oder so was Ähnliches dar. Als junges Mädchen in einem altmodischen Kleid. Eng geschnürt. Wie

bekam man Luft in so was? Kein sehr hübsches Mädchen, eher abweisend. Aber jung und irgendwie fremd und »unantastbar«. Das Wort hatte Daniel erfunden. Beate fuhr manchmal mit dem Finger sacht über das Bild: über die bloßen Schultern, das hochgestellte Schultertuch und die strenge Frisur. Clara hieß sie, und das war fast schon alles, was die Familie von ihr wußte.

Mamas genialer Einfall war es auch, daß es in dieser Wohnung kein Schlafzimmer gab. Kein langweiliges Zimmer, in das man nur am Abend gähnend kam, um so schnell wie möglich ins Bett zu kriechen. Alle fünf Räume waren Wohnzimmer und konnten am Abend sozusagen mit dem kleinen Finger in ein Ruhezimmer verwandelt werden. Man klappte die Betten herunter oder verwandelte die Couch in ein schönes, breites Lager. Der Flur war herrlich. Dreizehn Meter lang. Als Papa eine Schaukel und Ringe anbringen ließ, hatten sie damit den größten Spaß.

»Wieviel Klimmzüge heute? Was? Nur zehn? Papa – das war aber schwach.«

Dani schaffte nur acht und Beate zwölf. Mama tat gar nicht mit. Sie stand nur dabei und lachte. »Ihr seid verrückt!«

Die Küche war viel zu groß, und das Badezimmer altmodisch. Sie hatten die große Stadt und die enge Wohnung so schnell vergessen wie den Schnee vom letzten Jahr. Vorbei. Was gestern war, ist längst nicht mehr . . .

Freilich, ohne Elsa wär es der Mutter nicht gelungen, die unwirtliche Wohnung in ein Heim zu verwandeln. Denn Elsa war ein Glücksfall. Sie ordnete die Küche praktisch: Die Teller ins obere Fach. Die Töpfe rechts unten. Die Pfannen in den Herd. »Gut, wie?« Ja, sehr gut. Alles griffbereit. In ein paar Tagen war Elsa so unentbehrlich, daß Sieverts sich manchmal fragten, wie es wohl ohne sie gelaufen wäre.

Mit den Geschwistern war sie schnell vertraut. Sie war eine angenehme Mischung aus Respektsperson und Hilfe in allen

Lebenslagen: »Elsa, weißt du, wo Mama den Uhu versteckt hat? Die spitze, scharfe Schere? Das rote Stickgarn, das ich wirklich nötig brauche?«
Elsa wußte immer Rat. Sie wurde nur unfreundlich, wenn man durch ihre frischgewischte Küche tapste, was Daniel mit unfehlbarer Sicherheit häufig gelang.
»Elsa, sag nie wieder, daß er tapsig ist. Das kränkt ihn doch. Merkst du das nicht?«
»Nein. Wieso?«
Beate war sehr zufrieden, als Elsa versöhnlich meinte: »Ich dachte doch bloß. Ich meinte es nicht böse.«
Elsa war auch die wichtigste Informationsquelle. Nicht etwa schwatzhaft, wußte sie doch über alles in der kleinen Stadt Bescheid: Welches war der beste Metzger? Die Konditorei, die die besten Obstkuchen und die andere, die die besten Torten herstellte? Gab es in dem Kino eigentlich nichts anderes als Heimatschnulzen und Wildwestfilme? Nie einen knallharten Krimi oder eine schön-traurige Liebesgeschichte? Hm? Elsa ging nicht ins Kino: »Keine Lust, keine Zeit.« Ach so.
Elsa gab auch sonst Auskunft, kurz und bündig. Und wenn sie einmal etwas nicht wußte, zuckte sie die Schultern. Aber das kam selten vor. Denn in der Stadt, in der man geboren und aufgewachsen ist, weiß jeder von jedem beinahe alles.
Elsa hatte auch ein beträchtliches Gespür für innere Zusammenhänge. So sagte sie es Beate auf den Kopf zu, daß man einen Jungen – wie Daniel zum Beispiel – nicht so verpimpeln dürfe. »Der läuft dir doch nach wie ein Hündchen. Das gefällt dir, was?« Sie sah Beate aus ihren braunen Augen ein wenig spöttisch an. Danach hatte Beates flinke Zunge Pause. Und wenn Elsa sich längst einer anderen Beschäftigung zugewandt hatte, stand Beate immer noch da und dachte nach.
Verpimpeln! Verpimpeln? Tat sie das?
Natürlich hatte sie sich schon oft über Daniels Ungeschick gewundert und sogar geärgert. Aber liebte sie ihn nicht eigent-

lich deswegen so sehr? Weil sie seine Beschützerin sein durfte? Oder war es Egoismus, sich ihm überlegen zu fühlen? Überlegen? Es gab eine Menge Dinge, die sie an ihm bewunderte. Er war bedächtig. Nicht leicht ablenkbar. Treuherzig. Sehr ehrlich.

Er war treu und gut – das war's. Ganz einfache Worte, die mehr sagten als lange Sätze.

Sie legte den Finger an ihre kleine Nase. Beurteilten andere Menschen ihn auch so günstig? Und warum merkten die Eltern nicht, daß ein zwölfjähriger Junge ein wenig fixer und cleverer sein müßte? Sie nörgelten nie an ihm herum, und wenn er am Frühstückstisch seine Schokolade umschmiß – durchschnittlich einmal in der Woche –, sagte Mama nur ganz ruhig: »Hol den Lappen, Dani, und putz es weg.«

Sie ließ es zu, daß Beate ihm dabei half. Das war nicht richtig. Aber es war peinlich, ihn so ungeschickt hantieren zu sehen . . .

Zum Beispiel diese Brunnengeschichte!

In den ersten Wochen, in denen sie noch heftig dabei waren, das Haus vom Keller bis zum Boden zu erforschen und dabei die Gipsköpfe alter Herrscher oder Präsidenten fanden, die auf dem Oberboden vergammelten, entdeckte Beate auch den Brunnen ganz hinten im Hof. Er war verborgen unter dem Haselnußstrauch. Mensch! Ein Brunnen! Zu nichts mehr nütze. Sie beäugte ihn und stieß mehrmals kräftig mit dem Fuß dagegen. Bombenfest. Wahrscheinlich hockte in dem steinernen Verließ eine alte, dicke Kröte. Gut, daß er mit einem runden Granitdeckel verschlossen war.

Sie lief zurück und half Elsa, die nassen Laken aufzuhängen. Nur zum Spaß und weil sie gern mit ihr zusammen war. Und das Wetter war so schön und immer noch alles so wunderbar neu und ungewohnt. Daniel saß auf den Stufen vor der Hintertür und schnitzte an einem Stecken. Aber auf einmal war er nicht mehr da. »Dani, wo bist du?«

Plötzlich ein Krachen, mehr ein Poltern. Elsa reckte den Kopf, eine Wäscheklammer in der erhobenen Hand. Auch Beate stutzte einen Augenblick und sauste dann zur Scheune. Gleich darauf lief sie in die entgegengesetzte Ecke des Hofes, Richtung Brunnen.

Daniel hing dort. Der schwere Steindeckel hatte sich irgendwie verschoben, ein Teil seiner Wand war nach innen gestürzt. Ins Bodenlose.

In dem Loch hing Daniel. Das rechte Bein baumelte im Schacht, während die eine Hand sich krampfhaft an der feucht-glatten Ummauerung festhielt, die andere sich an einen rostigen Ring neben dem Brunnen klammerte.

»Dani!« schrie Beate und zog ihn mit einem einzigen Ruck aus seiner gefährlichen Lage.

Elsa kam herbei, schüttelte den Kopf und murmelte: »Das kann auch nur dem passieren.«

Daniel zitterte, aus nachträglicher Angst oder weil er sich schon wieder schämte. Schrecklich! Beate lugte in die schwarze Tiefe. Sie hätte sich nicht gewundert, wenn irgendetwas Scheußliches heraufgekrochen wäre.

Die Eltern machten nicht viele Worte. Am gleichen Abend kam der Bauer von nebenan mit seinem Sohn und setzte den Brunnen wieder zusammen. Er verschmierte die Bruchstellen mit Zement. Alles, was darin noch gelebt und gewebt haben mochte, war nun für immer eingemauert.

»Du bist wahnsinnig erschrocken, was?« flüsterte Beate, ehe sie am Abend in ihre Klappbetten krochen. »Hattest du große Angst? Dachtest du vielleicht . . . vielleicht, daß du . . . dachtest du ans Sterben?«

»Nein. Das nicht. Aber ich habe ja immer ein bißchen Angst. Vor allem. Ich könnte nie so sein wie du.«

Er schaute sie unglücklich an.

Unglücklich. Er war es. Immer etwas unsicher. Sie hatte es gespürt, aber noch nie so deutlich gewußt wie heute.

Das mußte sich ändern. Sie mußte es ändern. Denn die Eltern taten ja nichts. Sie ließen ihn, so wie er war. Warum bloß? Sie waren so lieb, so klug, aber wahrscheinlich zu vorsichtig. Ja – das mußte es sein: Zu vorsichtig aus lauter Liebe.
Sie liebte Dani genauso sehr, aber sie wollte ein Mittel finden, ihn tüchtiger und stärker zu machen.
Wie bloß? Jedenfalls sollte niemand mehr von ihm sagen dürfen: »Na, das konnte auch nur dem passieren.« Obwohl: Elsa hatte das bestimmt nicht so gemeint. Sie hatte bloß recht gehabt. Wieder einmal.

Streifzüge

Die letzten Sommerwochen waren herrlich: »Große Ferien! Mensch, klasse.« Die Schule hatten sie erst mal hinter sich. Das einzige, was ihnen nicht gefiel, war, daß sie Pendelschüler waren. Das frühe Aufstehen. Das hastige Frühstücken. Das Gerenne zum Bahnhof oder zum Bus. Das späte Nachhausekommen. Manchmal erst am Nachmittag. Immer dann, wenn Beate Gitarrenstunde und Daniel Werken hatte.
Elsa hielt das Essen warm, und Mama saß bei ihnen am Eßtisch. Doch Beate hatte dann einfach keinen Appetit mehr. Sie stopfte das Notwendigste in sich hinein. »Hab keinen Hunger«, oder: »Schmeckt nicht.« Vergebliche Ausreden. Daniel aß brav, sogar den verhaßten Eintopf aus Weißkraut, Kartoffeln, Möhren und kleinen Fleischstückchen.
Aber jetzt in den Ferien, hurra, war es anders: alle fünf um den Tisch versammelt! Und schwatzen durfte man beim Essen über alles, was einem gerade einfiel.
Die paar Pflichten? Na und? »Diese Woche putzt Daniel die Schuhe, und Beate hat Küchendienst. Klar? Die nächste Woche umgekehrt.« Richtig von Mama, daß sie auch Daniel in der Küche anstellte.

Elsa ging am Abend kurz nach sieben heim, aber nie, ehe sie die Küche aufgeräumt hatte. In dieser Stadt gab es keine Entfernungen. Alles war Nähe.
Die freie Zeit verbrachten sie auf Streifzügen durch die Stadt, die dadurch ihr Besitz wurde. Sie schauten in Höfe und Durchgänge, die sich zwischen alten, niedrigen Häusern schlängelten. Sie betrachteten den glitzernden Altar in der großen Kirche am Markt. Es war ihnen so vieles neu.
Freundinnen? Ja, natürlich. Wenn Beate nur gewollt hätte. Da gab es eine Marietta, eine Sandra, eine Sibylle. Auch eine etwas langweilige Gila. Aber sie wollten Dani nicht dabei haben. He? Wollten sie ihn austricksen? Nein. Natürlich nicht.
»Aber er ist doch so . . . so mucksig. Nie hat er eine Idee, eine echte, was wir anstellen könnten.«
»Habt ihr vielleicht welche? Das Wohnzimmer in Sandras Keller habe ich eingerichtet. Den Spirituskocher habe ich gestiftet. Und konntet ihr vielleicht den Pfannkuchenteig rühren? Ich. Alles ich. Und Dani bleibt.«
Gut. Aber die Mädchen verdufteten. Die Sievert war ihnen sowieso zu clever und ein bißchen zu hübsch. Die konnte mal eine echte Konkurrenz werden. Außerdem schimpfte sie nie über ihre Eltern, was doch so wohltuend war. Zum Dampfablassen. Und überhaupt.
»Die ist in ihren Bruder verknallt!« feixten sie.
Sieverts Beate? Ein liebes, höfliches Mädchen. Und so verträglich. Der Junge war wohl ein bißchen schwerfällig, nicht? Elsa mußte es wissen. Aber die sagte nichts. Die hielt den Mund. Die tat so, als ob sie schon zu den Sieverts gehörte.
Er war ja ein netter Mann. Gerecht. Ruhig. Seine Frau, freundlich und bescheiden. Die drängelte sich in den Läden nie vor. Angenehm. War sie nicht mal Lehrerin gewesen? Ob die einen ordentlichen Haushalt führen konnte? Aber sie hatte ja Elsa. Ein Glück. Doch Elsa erzählte nie was. Und dann fingen sie wieder von vorne an . . .

»Du bist nicht traurig, daß die abgehauen sind?«
»Kein bißchen. Von denen lasse ich mir meine gute Laune nicht verderben.«
Ja – die gute Laune!
»Wie machst du das?«
»Ich mache das gar nicht. Es kommt von allein. Wenn ich morgens die Augen aufmache, freue ich mich. Du könntest auch . . .« Sie unterbrach sich: »Nein, du könntest nicht. Du bist in allem so zögerich.«
»Zögerich« war eine Wortschöpfung aus ihrer Kinderzeit, und sie behielt sie bei. Sie fand, daß es die Sache genau traf. Man konnte das Wort langsam sprechen, »zö-ge-rich-«, dann wirkte es noch besser. Sie hockten in den zerschlissenen Lehnstühlen auf dem Scheunenoberboden. Es war ihr Lieblingsplatz geworden. Hier besprachen sie alles.
»Also, ein bißchen frecher könntest du manchmal sein, Dani. Das gehört dazu. Probier's doch einfach. Zum Beispiel bei Elsa. Probier's ruhig auch bei mir. Wir machen einen Ringkampf mit Wörtern. Verstehst du, was ich meine?«
»Nicht ganz.«
»Sag: Dumme Gans! Los! Oder: Dich hat's wohl!«
»Warum? Aus keinem Grund? Nur so?«
»Ja. Zum Üben. Du weißt sowieso mehr als ich, du mit deinen Lexikons, in denen du immer schnüffelst.«
»Lexika.«
»Quatsch. Lexikons. Papa sagt das auch. Von dem hast du den Knall mit dem Nachschlagen. Du liest nie was Ordentliches.«
Sie vielleicht?
Ja. Zur Zeit »Trip in den Weltraum«.
»Fantastisch!«
»Käse.«
»Kein Käse. Das Luftschiff rast durch den Weltraum, und der Kommandeur findet den Landestern nicht. Der ganze Mist explodiert.«

»Wer schrieb denn so etwas?«
»Das wollen die Leute lesen.«
»Du auch.«
»Ja. Ich auch.«
»Käse«, wiederholte er.
Herrlich, sie waren im schönsten Krach. So wollte sie ihn. Nicht so frech wie manche anderen Jungen, die einem was nachschrien oder schubsten, wenn man vorbeiging. War mies gewesen von dem Mischa. Wie kam der dazu, ihr einfach so beim Vorübergehen zuzuzischen: »Grasaff!« Sie hatte zurückgezischt: »Selber einer«, ohne die geringste Ahnung, was »Grasaff« bedeutete. Sie hatte sich geschämt, daß ihr nichts Besseres eingefallen war.
Grasaff! Komisches Wort. Neu. Schon deshalb wert, es sich zu merken. Mischa – so ein blöder Kerl.
»Was denkst du?«
Sie zuckte zusammen: »Och, nichts. Oder doch: warst du in deinem Leben schon mal richtig glücklich?«
»Glücklich? Ja, schon. Irgendwie. Daheim. Bei uns. Und damals mit dem Hamsterchen. Das wár schön.«
Hm. Zu dumm, daß es eines Morgens tot in seinem Käfig lag. Ohne Grund. Überanstrengt wahrscheinlich. Die ganze Nacht in seinem Rädchen herumgesaust. Wieso wollte Dani kein neues haben?
»Nein. Keinen Nachfolger.«
Das war nun bereits vier Wochen her. Er könnte doch nun einen neuen . . .
»Ewig kann kein Mensch trauern«, sagte Beate langsam. »Das ist so eingerichtet, daß man es langsam vergißt. Den Tod meine ich. Den Toten. Man denkt an ihn. Noch lange. Aber man lebt ja. Und lacht sogar wieder. ‚Das Leben geht weiter', sagen sie und leben wieder wie vorher.«
»Das glaube ich nicht. Ich wäre bestimmt ewig traurig, wenn Papa oder Mama . . .«

»Sei still. Wie kommst du auf so etwas Schreckliches? Das meinte ich nicht. Bloß deinen Hamster. Oder was Ähnliches.«
Sie schwiegen lange Zeit.
Es war still. Nur ein Mofa wurde auf der Straße angelassen.
»Hörst du es?«
»Was?«
»Wie still es jetzt wieder ist. Und wie es unten im Garten summt.« Sie machte es ganz leise nach: ssssssss.
Ja. Er hörte es nun auch. Aber selber wäre er nicht darauf gekommen. Sie machte es ihm so leicht, Dinge zu verstehen, die er noch nicht in Worte fassen konnte.
Mein ein und alles, dachte er. Aber er hütete sich, es zu sagen. Sie hatte sich einmal darüber aufgeregt. Oder war sie nur verlegen gewesen?

Der Friedhof

Der Friedhof lag direkt vor der Stadt. Man mußte nur das eine der drei Tore durchschreiten und war schon da. Eingezäunt und friedvoll. Eine andere Welt. Eigenartig. Spannend.
Die Geschwister begannen, sich durch die schmalen Wege zwischen den langen Gräberreihen zu tasten. Dann fingen sie an, die goldenen Inschriften zu studieren. Die Namen waren ihnen alle fremd. Aus längst vergangenen Zeiten.
Manche Gräber waren ganz neu. Aufgetürmte Blumenbeete, noch ohne Namen. Geheimnisvoll: Wer war soeben gestorben und noch nicht eingereiht in die Ordnung der Fertigen, die sagten: Wir sind schon da. Uns kennt man schon . . . Unsere Namen!
Beate und Daniel dachten das nicht so genau. Aber sie fühlten den Unterschied. »Die weinen noch um sie«, flüsterte Beate. »Die suchen erst noch nach . . . nach . . .«

Klar – die suchten noch, die Hinterbliebenen. Nicht nach dem, den sie verloren hatten, nur nach dem schönsten Stein, den sie ihnen setzen wollten. Vater, Mutter, Bruder, Großvater. Sterben müssen alle Menschen.
Dann lasen sie die Namen gründlicher. Es war nicht zu hoffen, daß sie ein Grab schon kannten.
»Du sagtest: Hoffen?«
»Klar.« Beate war ganz in ihrem Element. »Wenn man einen Verstorbenen gekannt hat, ist es viel leichter, sich vorzustellen, was mit ihm los war im Leben.«
Beate war es auch, die vorschlug, Block und Bleistift mitzunehmen, um sich die Inschriften aufzuschreiben.
»Du gehst hier und ich dort rum, und dann sehen wir, wer die sonderbarsten Namen hat. Gemacht?«
»Ja. Gebongt. Gut.«
Sie warf den einen Arm nach der einen, den anderen nach der andern Seite der verschiedenen Gänge. Nach fünfzehn Minuten wollten sie sich am Ausgang treffen.
Mit »Genoveva« und »Kaspar« hatte sie den Vogel abgeschossen. Aber einen Tag später – das Spiel hatte sie schon ganz in seinem Bann – brachte Daniel den besten aller Funde: »Hieronymus Fuchs«.
»Wo«, rief sie, »wo?«
Sie rannten zu dem beinahe unleserlich gewordenen verwitterten Grabstein. Es stimmte! »Hier ruht der Hochwürdige Herr Hieronymus Fuchs . . .«
So sehr sie sich auch bemühten, seine Jahreszahlen waren nicht mehr auszumachen. Nicht mehr erkennbar.
»Hornalt«, stellte Beate fest. »Der war bestimmt hornalt und liegt ewig lange hier. Tot und vergessen.«
Ja. Lange her.
Ehe sie gehen wollten – es hatte schon zwölf Uhr vom Turm geläutet –, machte Beate eine Entdeckung, die alle bisherigen in den Schatten stellte. Etwas abseits von dem hochwürdigen

Herrn lag, ebenfalls fast bis zur Unkenntlichkeit verwittert, das Grabmal »der hochseligen und ehrwürdigen Jungfrau Elisa Diess, geb. 5. Mai 1835, gest. 11. Novembris 1910«. Und darunter stand: »Auf Wiedersehen im Himmelreich!«
Beate lachte laut, während sie es notierte.
Was war daran so komisch?
»Weil sie 75 Jahre alt geworden ist.«
»Na und?«
Er kapierte es immer noch nicht?
Beate sprudelte los: »Mit 75 Jahren noch Jungfrau. Dani! Das gibt es doch nicht. Ein ganzes Leben ohne Mann! Hier steht Jungfrau!!!«
Sie knuffte ihn: »Jetzt kapiert?«
»So ungefähr.«
»Na endlich.«

Mit dem Friedhof hatten sie noch oft zu tun. Denn richtig spannend wurde es erst, als sie anfingen, die Lebensdauer der Begrabenen auszurechnen.
Alte Leute starben von selbst. Klar. Das Herz. Der Kreislauf. Jüngere an Krankheiten, die wie ein Blitz einschlugen. Beate wußte es genau: »An Krebs stirbt jeder vierte. Einer von uns also bestimmt. Denn wir sind vier.«
War sie verrückt? Wie konnte sie solchen Quatsch reden?
»Kein Quatsch. Der Doktor, der Vater machmal wegen der Zinnfiguren besucht, hat es gesagt. Und der weiß das.«
Der Friedhof und alles, was mit ihm zusammenhing, war beinahe magisch für sie geworden. Aber sie verbargen es vor den Eltern. Ein unbestimmtes Gefühl von Geheimnis und Sich-nicht-Sicherfühlen hatte sie erreicht.
Über manche Dinge schwieg man lieber.
Eltern erzählen auch nicht alles. Wußten Beate und Dani zum Beispiel genau, was wirklich mit Mamas Augen los war? Immer nur die Rede von »Kontrollen«, unter denen man sich

nichts Genaues vorstellen konnte. Es ist nicht so, daß Eltern auch von ihren Kindern alles wissen müssen.
Übrigens war der Friedhof keineswegs zu jeder Stunde still und friedvoll. Immer waren da Leute, die an den Gräbern herumpusselten. Jäteten, gossen, umpflanzten und durchaus munter miteinander schwatzten. Sogar auf die Gräber traten. Durfte man das denn?
Aber diese sozusagen lebendig gewordenen Gräber mieden die Geschwister. Sie hatten längst ihre Lieblinge. Daniel den Tadeuz Wozniak und Beate die Anni Weger.
Wozniak, Tadeuz. 1926 – 1944. Mit nur einem Holzkreuz und kein »Ruhe sanft« und kein »Auf Wiedersehen« darauf. Sie waren sich beide lange nicht einig, wie man Tadeuz aussprechen müsse. Beate entschied: »Getrennt natürlich: Tade-uz. Dann klingt es schöner. Ta-de-uz. So.«
Ja, so.
Wer war er? Ein sehr junger Mann, der fern der Heimat hier seine letzte Ruhe gefunden hatte. Der arme Kerl. Ihn hatte es am Ende des Krieges einsam und allein in diese Ecke verschlagen. Traurig.
Aber Anni Wegers Schicksal war noch schlimmer:
1940 –1952. Und darunter »Auf Wiedersehen im Himmelreich!« Ein Trost wenigstens. 12 Jahre alt.
»So alt wie du, Dani. Stell dir das mal vor.«
Das konnte er sich nicht vorstellen. Er wollte es nicht. Zuviel verlangt von der Schwester . . .

Seltsame Begegnung

Am nächsten Tag wachten sie beide sehr früh auf. Elsa war schon vor sieben Uhr da. Sie hörten das Umdrehen des schweren Schlüssels im Schloß der Korridortüre. Kurz darauf klapperte es. Elsa lief hin und her und deckte den Frühstückstisch.

Ach ja, die Eltern wollten zu Mamas Augenarzt in die Stadt, und Papa mußte rechtzeitig zur Sitzung zurück sein.
Uneingestanden hatten sie Tage vorher Angst vor diesen Augenuntersuchungen. War es schlimmer geworden? Mama konnte ja kaum noch eine Stunde lesen oder nähen, ohne daß die Augen schmerzten.
Und sie las so gern. So gern wie Papa, Dani und Beate. Sie waren eine Lesefamilie. Papa war an Weltgeschichte, Spezialgebiet Befreiungskriege, interessiert. Mama an moderner Literatur. Sie war sehr kritisch. Zur Zeit lag »Ingeborg Bachmann« auf ihrem Nähtisch. Daniel wälzte Lexikons – oder Lexika – von A bis Z, und Beate las Jack London und Sven Hedin. Die Kinder durften alles lesen, was in den Bücherregalen stand. »Aber stellt es gefälligst wieder richtig hinein, wenn ihr ausgelesen habt.«
Einmal hatte Beate sich über den »Untergang des Abendlandes« hergemacht. Ein Buch von einem Herrn Spengler. Ein trauriges Buch. Denn der Herr Spengler prophezeite den Untergang Europas, was Beate absolut nicht glauben wollte. Hatte Europa nicht zwei Weltkriege überstanden? Allerdings war Papas Großvater verhungert. Schrecklich. Er hatte den Papp aus Kartoffeln und Wasser nicht vertragen und war immer dünner geworden. Seine Frau war in den Westen gezogen, hatte ihr Haus in Dresden verkauft und nur ein paar alte, schöne Möbel mitgenommen. War das schon »Der Untergang des Abendlandes?«
Beate hatte das Buch nicht zu Ende gelesen. Es war so umständlich geschrieben, daß es ihr langweilig wurde.
Der Morgen war hell und die Sonne schon hoch. Trotzdem war in der Luft ein feines Wehen strengerer Kühle.
»Nehmt Jacken mit«, rief Elsa ihnen nach. »Und gegessen wird heute nicht vor eins.«
Auch der Friedhof war schon sonnenüberflutet. Vor Überraschung blieben sie beide vor dem Tor stehen. So schön war es

noch nie. So lieblich vor dem Kranz der sanften Höhen, deren Wälder sich schüchtern zu färben begannen.
Der Kruzifixus, alles überragend, reckte sich empor. Es war ihnen, als sähen sie zum ersten Mal den Friedhof. Es war heute alles anders als sonst. Vollkommen still.
Kein Mensch außer ihnen.
Sie waren allein.
Zuerst besuchten sie Tadeuz. Dann Anni. Beate hatte ihren Arm unter den von Daniel geschoben.
»Wenn man es will, kann man aufhören zu leben«, sagte Daniel. »Ich habe darüber gelesen. Nicht mehr aufstehen. Nicht mehr essen. Nicht mehr trinken. Vier Wochen kann man ohne Nahrung sein. Aber kaum einen oder zwei Tage ohne zu trinken. Weil das Blut dann zu dick wird.«
»Aber Papas Großvater? Der ist doch verhungert, Dani. Damals, kurz nach dem Krieg.«
»Langsam. Ganz langsam geht das. Immer weniger. Immer ein bißchen weniger. Außerdem war er alt.«
»Ach so.«
Stille. Leichtes Wehen. Die Birken, fast schon gelb, raschelten. Die Spitzen der Zypressen bewegten sich wie kleine Schnäbel aufeinander zu. Der Friedhof – ein schön geschmückter Garten. Vertraut und lieb. Sie mußten ja noch nicht um jemanden trauern. Noch lange nicht. Bitte.
Kurz bevor sie gehen wollten, sahen sie den alten Herrn. Er saß ganz ruhig auf der weißen Bank an der Mauer und sonnte sich. Sie wollten an ihm vorbei und grüßten halblaut.
»Ihr seid heute früh dran. Habt wohl auch entdeckt, daß es jetzt am schönsten ist?«
Er rückte zur Seite und lud sie zum Sitzen ein.
»Danke!« sagte Beate und lächelte ihn an. Der Mann hatte ein gutes Gesicht. Er ist, dachte sie erschrocken, vielleicht der Vater von der Anni. Sie musterte ihn vorsichtig. Er konnte leicht über sechzig sein.

»Ich kenne das Grab«, sagte sie entschlossen. »Die Anni . . . Wir haben Sie schon manchmal hier gesehen, aber Sie gingen immer woanders als wir.« Die Sonne schien ihnen ins Gesicht, und die Wärme und Ruhe ringsum, auch die sanft-zurückhaltende Art des Mannes, die sie an ihren Vater erinnerte, machte Beate zutraulich. »Sie sind oft hier?«
Der Mann lächelte. »Ja, oft. Ich habe nicht viel vor. Ich bin immer allein.« Seine Stimme war lebhaft, aber etwas zittrig.
»Natürlich. wegen Ihrer Tochter.«
»Die ist nicht hier. Die liegt woanders.«
»Nicht hier? Ich dachte . . .«
Daniel zupfte seine Schwester. Er wollte weg hier. War doch langweilig, mit dem alten Mann zu reden. Irgendwie war er unangenehm-wehleidig. Weg also. Aber Daniel kannte seine Schwester. Jetzt war sie neugierig und witterte eine Geschichte. Eine Story, die sie ihm bestimmt eines Tages, leicht verändert und dramatisiert, auf dem Oberboden der Scheune servieren würde.
Sie trat ihm auf den Fuß und zischte: »Ruhig!«
»Wenn ihr Lust habt, könnt ihr mich mal besuchen. Ich wohne ganz nahe. In dem Turm.«
Was? In dem Turm? Den kannten sie genau. Da waren sie bereits häufig vorbeigekommen und hatten sich über die bunten Gardinen und über die halbschrägen kleinen Fenster gewundert. Was man von dort sah?
»Wir hätten jetzt Zeit«, schlug Beate vor. »Wenn Sie auch zufällig Zeit haben?«
Immer. Er hatte immer Zeit.
Ein Flüstern. »Mensch, Beate! Ein fremder Mann. Das sollen wir doch nicht.«
»Quatsch, Dani, wir sind zu zweit. Und der ist harmlos. Bloß traurig. Wir gehen mit. Deshalb . . .«
In dem Turm gab es nur ein einziges Zimmer. Eine schmale Wendeltreppe führte nach oben. Aber dann! Die Wände vol-

ler Bücherregale und Bilder. Landschaften. Kalenderdrucke. Fotografien. Gruppenbilder. Vergilbt. Auf den Fensterbrettern Blumentöpfe. Leuchtende Fuchsien und irgendwas Immergrünes. Ähnlich wie daheim. Gemütlich. Auch der Tisch in der Mitte und die vier altmodischen Stühle . . . »Kirschbaum«, sagte Beate. »Wir haben so einen Spiegel zu Hause. Wirklich schön.«
Daniel stand vor den Büchern und studierte die Titel: Orden- und Ehrenzeichen beider Weltkriege. Scapa Flow. Die bunte Welt der Uniformen. Große Seeschlachten. Große Landschlachten. Daniel atmete tief durch: »Das ist ja . . . das ist ja super. Darf ich?«
»Natürlich. Lies nur. Ich kenne die Bücher schon in- und auswendig.«
Der alte Mann, er hatte sich als »Möller« vorgestellt, lief geschäftig hin und her. Holte Saft und kramte Gebäck aus dem Hängeschrank. Zum Schluß war er ganz atemlos.
»So. Alles fertig. Wir können gemütlich essen.«
Er sah sie erwartungsvoll an. »Nun mal los. Ihr seid also die Gerichtskinder? Euren Vater kenne ich. Ein feiner Mann. Die wollten mich nämlich hier raushaben. Da hab' ich gesagt: ‚Herr Richter, das ist nun meine letzte Bleibe. Da kann man mich doch nicht . . .'
Beate schüttelte den Kopf: »Nein, da kann man doch nicht.«
»Und euer Vater hat mir auf die Schulter geklopft und gesagt: ‚Nee, nee, Herr Möller, da müssen Sie nicht raus. Dafür sorge ich schon.' Und das hat er dann getan. Das seht ihr ja.«
Ja. Beate zerbröselte ihr Kuchenstück. Das Gerede um vergangene Zeiten dauerte ihr schon zu lange.
Wie kamen sie hier wieder weg? Daniel schmökerte. Dem gefiel's offensichtlich.
Und dann holte Herr Möller auch noch das Foto im Goldrahmen: »Hier. Meine Ursula. Das war sie. Hübsch, wie?«
»Ja. Hübsch.« Beate bestätigte es höflich.

»Sie sieht dir ähnlich, wie?« Herr Möller brauchte eine neue Bestätigung.
»Sie hat dunkle Haare. Und sie guckt so ernst.«
»Ja. Das schon. Aber ihr Haar war wie Seide. Wie deins.«
Mechanisch griff Beate in ihr Haar. Ja, seidenweich. Alles wurde ihr jetzt peinlich. Dem kamen fast die Tränen. Raus hier. Entschlossen sagte sie zu Daniel: »Los, komm jetzt! Wir müssen gehen.«
Und natürlich würden sie Herrn Möller gern wieder besuchen. »Vielen Dank.«
»Nie mehr gehe ich dorthin«, sagte Beate auf dem Heimweg. »Der vergleicht mich mit seiner Ursula. Die kenne ich gar nicht.Unmöglich.«
Daniel hatten die Bücher glänzend gefallen. Die großen See- und die Landschlachten. »Ob Papa mir die mal schenkt?«
Sie fuhr ihn an: »Du kapierst wirklich immer nur die Hälfte. Hast du nicht gemerkt, wie unangenehm das war?«
»Nein. Wieso? Der war doch nett. Warum bist du so wütend?«
Keine Antwort. Daniel, bilde dir bloß nicht ein, daß ich dir immer alles erkläre.
Tatsächlich hatte sie aber an diesem strahlenden Vormittag und in dem gemütlichen Zimmer des Herrn Möller das Gefühl gehabt, einem traurigen Schicksal begegnet zu sein. Wie war die Ursula zu Tode gekommen?
Sehr jung. Genauso alt wie sie. Und er wohnte allein in dem sonderbaren Turm. Ausgesetzt. Weg von allem, was ihm einmal gehört haben mußte. Und unheimlich gesprächig. So bemüht, freundlich zu sein. Zu bemüht.
Er versuchte, jemanden zu finden. Einen Ersatz. Nein, niemals ging sie wieder dorthin. Sie mußte das Daniel erklären. Hoffentlich verstand er's. Weil sie es selber nicht verstand, dieses neue Gefühl. Angst? Mitleid? Oder nur Teilnahme am fremden Schicksal?

»Sag nicht, daß wir dort waren, Dani.«
»Warum nicht? Die Bücher und . . .«
»Weil ich es nicht will.«
»Gut.«
Im Laufen raffte sie ihr Haar zurück. Seidenweich. Ach, im Krieg war so viel geschehen. Es sollte vorbei sein. War es vorbei? Würde ähnlich Schlimmes jemals wiederkommen? Nein. Nein. Niemals.
»Er ist mir auf den Wecker gefallen«, sagte sie, als sie die schwere Türe, die ins Gericht führte, aufstemmten.

Abenteuer

Neue Ereignisse überwucherten die Erinnerung. Gute Ereignisse: Mamas Augen waren in Ordnung. Nur andere Tropfen und keinen Bohnenkaffee mehr.
Mama war wieder so fröhlich wie gewohnt. Sie sang vor sich hin und setzte sich ans Klavier. Beate sollte sie auf der Gitarre begleiten. »Zu schwierig, Mama. Ich kann nicht genug. Diese ‚Lieder ohne Worte', weißt du, die sind alle traurig.« Sie fiel ihrer Mutter in die Arme: »Es tut mir so leid, Mama.«
»Was denn?«
»Ich hatte Angst.«
»Angst? Wovor?«
»Um dich, Mama. Wegen deiner Augen und weil es doch sehr schlimm wäre, wenn . . .«
Pst. Darüber wollten sie gar nicht reden, nicht einmal daran denken. Aber dann kamen ihnen doch beiden die Tränen. Warum? Sie lachten wieder und trösteten sich. War nicht alles in Ordnung?
»Ja, Mama. Alles in Ordnung. « Beate schob ihr Kinn trotzig vor. »Und heute abend knalle ich mich vor den Fernseher. Klöng.«

Klöng war auch ein Überbleibsel aus ihrer Kinderzeit, eine Wortschöpfung Beates. Sie fand sie noch immer gut, vor allem, weil sie völlig unverständlich war. Wie »Grasaff«.

Vater kam herauf, sehr vergnügt. Er hatte eine Freudenbotschaft. Was? Sechs Richtige im Lotto?
Nein. Aber das in der Deutschen Demokratischen Republik zu einem Eisklumpen eingefrorene Familienguthaben begann langsam aufzutauen. Man überwies ihm, auf Antrag natürlich, vierteljährlich 600 DM eins zu eins auf sein Konto. Wie denn das? Geschahen noch Zeichen und Wunder?
Vater wußte es nicht. Er hatte es aber schon in der Brieftasche die ersten 600 Mark.
Sie starrten sie an wie Falschgeld.
Mama war natürlich gerührt: »Zu schade, daß wir alle drei das Haus deiner Großeltern drüben noch nie gesehen haben. Wollen wir nicht mit den Kindern . . .«
»Nein. Ich will alles unverändert in Erinnerung behalten. Ich finde doch nicht wieder, was sie verloren haben.«
Dann wurde die Mutter sehr eifrig. »Philipp! Endlich den neuen Teppich für das Wohnzimmer. Oder die Stereoanlage, die du dir schon so lange wünschst. Oder die Spülmaschine. Es wird wirklich allmählich zuviel für unsere Elsa.«
Papa lächelte. Clarissa war schnell begeistert und gab das Geld in Gedanken gleich viermal aus. Dabei hatte sie noch nicht einmal an ein neues Kleid für sich gedacht. Typisch. Aber so war sie, und weil sie so war, liebte er sie. Ob sie das eigentlich wußte?
Er lächelte immer noch um den Tisch herum. Halb belustigt, halb geheimnisvoll. So, wie nur er lächeln konnte. Papas lächelnder Mund. Eine Sache für sich. Eine schöne Sache. »Ich weiß schon was. Du, Daniel, und du, Beate, ihr sucht euch beim Englert je ein Fahrrad aus. Aber stabil, wenn ich bitten darf. Nicht mit vier oder fünf Gangschaltungen.«

Echt Papa. Unglaublich. Herrlich. Endlich!
Sofort nach dem Essen rannten sie zu Englerts Laden, keine dreihundert Meter entfernt. Beate nahm ein rotes, Daniel ein blaues. Ohne Faxen. Herr Englert war schon informiert.

Daniel war nicht ganz so glücklich wie seine Schwester. Es war noch nicht lange her, daß er sein ererbtes Rad zu Schrott gefahren hatte. Schuldlos. Die Gabel war gebrochen und er kopfüber auf die Straße gesaust. Über die Lenkstange weg. Der ganze Rahmen war verbogen, das Rad im Eimer. Daniels Nase blutete wie wild. Auch die Oberlippe. Sie hatten ihm vom Notarzt, denn natürlich hatte sich das Drama an einem Sonntag abgespielt, eine Tetanusspritze verpassen lassen müssen.
»Mensch, freu dich doch, Dani. Jetzt geht's bergauf. Immer der doofe Friedhof. Ich wollte schon längst mal wissen, was für altes Gemäuer sich in unserer Gegend versteckt.«

Eigentlich hatte Beate kein festes Ziel. Aber sie hoffte, daß ihr Spürsinn sie in ein Abenteuer mittlerer Qualität verwickeln würde. An etwas wirklich Aufregendes, Außerordentliches, wie zum Beispiel eine Raubritterburg, war nicht zu denken. Sie hätten es mit Sicherheit längst von Elsa erfahren. Die hatte ja eine Riesenverwandtschaft auf dem Lande. Und die kannte bestimmt jeden alten Stein ringsum.
Die Geschwister drehten ein paar Runden auf dem holprigen Gerichtshof – »zum Angewöhnen, Dani« –, und fuhren zum westlichen Tor hinaus. Es war drei Uhr vorbei, und Elsa rief ihnen vom Küchenfenster aus nach: »Ihr sollt um sechs zurücksein. Weil's dann bald dunkel wird.«
Aber das hörten sie nicht mehr. Sie waren schon um die Ecke, Beate voraus. Ihr blondes Haar wehte wie Flachs im Wind. Sie waren bald draußen und ließen sich treiben. Die Räder schnurrten wie Katzen, denen man endlich freien Lauf ge-

währt. Es ging bergauf und bergab. Das letzte Stück vor dem dritten Dorf stieg steil an. Beate trat scharf in die Pedale, keuchend, von Neugier getrieben. »Wehe, du steigst ab«, schrie sie über die Schulter. »Das ist höchstens eine achtprozentige Steigung.«

Klar. Klar schaffte er das.

Unversehens waren sie mitten im Dorf, das sie nur dem Namen nach kannten. Ein hohes Gebäude – ein Schloß, eine Burg? – mit mächtigen Treppengiebeln und einem Türmchen auf dem Dach – tauchte zwischen den herbstlich-flammenden Kastanienbäumen auf. Sie fuhren in den menschenleeren Hof und stoppten. Vor dem Eingang stiegen, rechts und links, zwei Pferde auf ihren Hinterhufen in den Himmel. Steinerne Pferde. Auf ihnen, in kühner Pose und in Wehr und Waffen, saß je ein Ritter. Auch sie aus grau-braunem Stein. Stolz, schwer und ein bißchen zu kühn. Denn was hatten sie zu verteidigen? Eine halbverfallene Brücke, übersät von welken Blättern. Sie sah richtig harmlos aus und führte direkt auf ein vermorschtes Tor zu.

Sie blieben auf ihren Rädern sitzen, den einen Fuß zum Abstützen auf dem lehmigen Boden, auch er bedeckt mit hellgelben Birkenblättern und abgerissenen, verwelkten, dunkelroten Dahlien.

Kein Laut. Kein Hund. Keine Katze. Kein Mensch.

»Mensch«, rief Beate, »das untersuchen wir jetzt.«

Sie kamen spät nach Hause zurück. Es war vollkommen dunkel. Gut so. Denn wie sahen sie aus? Elsa kam ihnen entgegen. »Die Räder?«

»Schon in der Scheune.«

»Abgeschlossen?«

»Ja. Kannst ja nachsehen.«

Beate war mürrisch und Daniel still.

Was war passiert?

Nichts natürlich. Sie hatten weder die Fahrräder kaputtgefahren noch sich die Beine gebrochen. Sahen die Eltern das nicht? Hm? Und die Jeans? Meine Güte! Das waren die ältesten, die sie je hatten, die gehörten längst ausrangiert.
»Na, Hauptsache, ihr seid gesund wieder da.«
»Ach, laß doch, Papa. Was soll schon passieren.«
Mehr bekamen die Eltern aus ihren Kindern nicht heraus. Muffig aßen sie ihre Brote. Muffig gingen sie nacheinander unter die Dusche, muffig klappten sie ihre Betten herunter und krochen hinein.
»Nacht, Dani. Nacht, Beate.«
»Nacht Papa. Nacht Mama.«

Etwas muß sich ändern

»Weißt du noch, Dani? Als du acht warst und ich zehn, wollten wir heiraten. Alle lachten darüber. Tante Gudrun am meisten. Die hatte es nötig. Die angelte schon nach dem zweiten Mann. Dem ersten war sie davongelaufen. Du Schande. Wir meinten es aber ernst. Wie? Das gehörte sich nicht. Wir sind Geschwister, und außerdem, wer weiß wirklich, was sich gehört? Wer bestimmt es?«
Beate war empört. Damals schon.
Mama hatte mitgemacht. Sie erlaubte ihnen, sich als Braut und Bräutigam zu verkleiden. Mit viel Sicherheitsnadeln, Mamas Brautschleier und dem weißen Falbelunterrock von Großmama, der auf dem Oberboden in dem alten großen Koffer ruhte.
Daniel sah auch lieb aus. Er war damals schon größer als Beate, und das paßte gut. Ein kleiner Herr in den schwarzen Strumpfhosen, dem schwarzen Wams – auch aus dem Koffer – und dem glänzenden Zylinder. Darunter sein rundes Gesicht mit den ernsten braunen Augen. Schön, Dani!

»Wir knieten im Kinderzimmer und schworen uns ewige Treue. Bis daß der Tod euch scheidet.« Ein schönes Wort. Ein Schwur.
Tante Gudrun hatte diesen Schwur nicht gehalten. Sie hatte keine Lust gehabt, ihn wörtlich zu nehmen. Sie war ihrem Mann davongelaufen.
Deswegen und nur deswegen konnte Beate die Gudrun nicht leiden. Wie lange war das her? Vier Jahre schon? So lange?

Heute war es mies gewesen. Schauderhaft mies. Sie, Beate, hatte das eine Pferd sofort erstiegen. Hopp, auf den steinernen Sockel und dann mit Schwung hinter den Ritter. Aber unmöglich – das Hinterteil des Gaules war zu breit und ihre Beine nicht lang genug. Sie merkte es erst, als sie oben war. Fürchterlich schwer, sich hinter ihn zu setzen.
Daniel? Der hatte natürlich nur von unten nach oben geblinzelt, die Füße im raschelnden Laub, in dem er verlegen scharrte. Er hatte Angst. Immer hatte er Angst. Verpimpelt. Elsa hatte recht.
»Los, kletter rauf. Auf den anderen!«
Sie war wütend und wußte nicht genau, warum. Denn sie hätte ihn ja genausogut da unten stehen lassen können. Er war so gräßlich »zögerich«. Es ärgerte sie. Jetzt ärgerte es sie. Endlich erklomm er den Sockel. Ganz gut. Dani war schon in Ordnung. Sie beobachtete ihn genau. Schön langsam und vorsichtig. Bergsteiger überlegen auch jeden Schritt und Griff. Gut, Dani.
»Halt dich an dem Schwert fest! Das geht gut.«
Er faßte einmal, zweimal danach. Erfolglos. Beim dritten Mal brach das Schwert ab. Wie ein Stück mürbes Holz klatschte es gleichzeitig mit ihm zu Boden. Ein Glück, daß es nicht auf ihn fiel. Daniel blieb wie ein Maikäfer auf dem Rücken liegen. Beate lachte laut, war aber sofort still, weil er seine Augen nicht aufmachte. Depp. Immer faßt er alles falsch an.

Schlimmer war, daß sie selbst nicht schnell genug hinunterkam. Ihr linkes Bein verhakte sich, und sie kriegte es an der Nase des Reiters nicht vorbei. Unten lag Daniel, die Augen zu. Beängstigend.
»Steh endlich auf und hilf mir«, schrie sie. »Du brauchst nur noch mal auf den Sockel zu klettern.«
»Ich kann nicht, mir tut alles weh.«
Zum Verrücktwerden. Nie konnte er. Immer mußte sie können. Ganz egal, was es war. Auch jetzt schaffte sie es schließlich allein. Irgendwie. Nur der letzte Absprung schüttelte sie ganz schön durcheinander.
Nachher saßen sie beide auf dem Boden und schwiegen. Sie hatte kein Mitleid mit ihm. Er war ein Ungeschick. Ein Tolpatsch. Es mußte anders werden. Er mußte anders werden. So einen Bruder wollte sie nicht. Feigling! Er war auf dem besten Wege, einer zu werden. Der Gedanke machte unglücklich. Gleichzeitig schmolz ihr Herz vor Mitleid. Warum bist du so, Dani? So geboren? Oder falsch erzogen? Bin ich daran schuld, weil ich dir immer geholfen habe? Oder weil Papa und Mama so tun, als merkten sie deine Ungeschicklichkeit nicht?
Dieser blöde Nachmittag!

Sie lag im Bett und verschränkte ihre Arme hinter dem Kopf. Was konnte sie dagegen tun? Was würde werden, wenn man ihn so heranwachsen ließ? Was würde überhaupt aus Dani, wenn er sich nicht änderte? Sie streckte ihre Beine hinaus und kreuzte sie über der Bettdecke, eine geliebte Angewohnheit. Mit warmen, zu warmen Füßen konnte sie nie einschlafen. Dann sprang sie mit einem Satz aus dem Bett. Ihr Zimmer war fahl erleuchtet. Von der Kinoreklame nebenan und vom Mond. Vom Zauberspiegel des Mondes.
Sie trat ans Fenster und schob die Gardine zur Seite. Herrlich! Die Nacht war mit Sternen geschmückt. Sie schaute lange hinauf und wieder hinunter auf die geduckten Dächer. Alles

still. Friedlich. Beruhigt legte sie sich wieder in ihr Bett. Fest stand, daß sie mit dem Bruder reden mußte. Noch nie hatten sie ernstlich über sein Pech gesprochen.
War es bloß Pech? Warum trat, griff, packte er so oft daneben? Was war die Ursache? Unangenehme Gedanken. Sie wäre so gern eingeschlafen. Sie äugte hinüber zu ihrer Gitarre, die neben dem Klavier hing. Wenn es nicht Nacht wäre, würde sie ein wenig spielen. Leise zupfen. Sie hatte sich eine Melodie ausgedacht, eine halb lustige, halb traurige.
»Wir sollten sie aufschreiben«, hatte Mama gesagt.
Nein, nicht. Sie wollte sie nicht schwarz auf weiß besitzen. Nur im Kopf oder im Herzen tragen oder wo man sonst Melodien bewahrt.
Sie summte das Lied vor sich hin. Was hatte Herr Möller gesagt, als er von seiner Ursula erzählte? Beate hatte zwar widerwillig zugehört, aber doch diesen Satz behalten: »Wer weiß, was ihr alles erspart worden ist.« Ach was, so reden alte Leute. Alles? Erspart? So trösten sie sich.
Endlich lag das Zimmer im Dunkel. Der Mond war verschwunden. Fliehende Wolken verdeckten ihn. Er verkroch sich und wollte nichts mehr von dieser Welt sehen.
Sie auch nicht. Gute Nacht, Mama, Papa und Daniel.
Mit ihrem letzten wachen Blick streifte sie die Gitarre. »Gute Nacht, Anni und Ursula. Ich schlaf' jetzt auch.«

Das Bündnis

»Ich sitze in der Schule wieder neben Marietta. Das hatten wir schon lange vor den Ferien ausgemacht. Sie braucht mich, und ich hab' sie ganz gern. Weil wir das wissen, ist es problemlos!«
Der Vater lachte: »Meine problemlose Tochter! Schwierigkeiten kennt sie nicht. Aber wieso braucht sie dich?«

Ach, Papa! Immer willst du alles genau erklärt haben. Anstrengend. Also: »Marietta ist richtig phlegmatisch, die quasselt nicht die ganze Zeit. Die nützt mich auch nicht aus. Natürlich lasse ich sie abschreiben, und sie nimmt sich das, was sie braucht. Ganz unauffällig, um überleben zu können.«
War die Schule ein Abenteuer, das man überleben mußte?
»Natürlich nicht. Für mich nicht. Ich kann's schon. Es kommt auf den Lehrer an.« Sie sah sich selbstsicher am Eßtisch um. »Bei einem langweiligen Lehrer lernt man nichts. Da schaltet man automatisch ab. Du warst sicher gut, Mama, ich hätte dich als Lehrerin bestimmt leiden können. Du hattest nie Schwierigkeiten, wie?«
»Nein. Alles war ganz normal. Die Kinder waren brav.«
Brav! Beate erstickte fast an ihrem Bissen. »Brav ist kein Maßstab. Wenn du sagst: Seid mal brav, dann lachen die bloß. Du mußt sie interessieren können für dein Zeug. Für dein Fach, wollte ich sagen. Zum Beispiel der Kunz. Der gibt Bio und Erdkunde. Bei dem paßt jeder auf. Der erzählt spannend. Alles über – na sagen wir mal – Südamerika. Infrastruktur und so. Der redet, als ob er dort gewesen ist und mit den Indios verhandelt hat. Ihr versteht, was ich meine? Ja, also, ich würde mich nicht wundern, wenn der Indianisch lernt und plötzlich damit loslegt. Große Klasse. Wirklich.«
»Iß jetzt! Daniel ist fertig. Wir warten nur noch auf dich.«
Ach so. Aber sie hatte ja dauernd erzählen müssen.
Seelenruhig bestrich sie ihren zweiten Pfannkuchen mit Apfelmus. Daniel hatte bestimmt schon drei Stück verschlungen. Der sagte kaum ein Wort. Trug nie zur Unterhaltung bei. Und heute, nach dem ersten Schultag, war er sauer. Das hatte sie gleich gemerkt.
Hausaufgaben gab es noch nicht. Zum Radfahren war es zu windig. Die Blätter stoben nur so von den Bäumen oder taumelten zu Boden. Die Geschwister standen am Fenster und beobachteten die Leute, die unten auf der Straße gegen den

Wind kämpften. Dem Gerichtsboten flog der Hut in den Rinnstein, und er konnte ihn nicht erwischen. Der Frau wehte das Kopftuch immer nach vorn ins Gesicht und da sie die Hände voll hatte, ruckte sie dagegen wie ein Huhn, das pickt. Zum Totlachen.

»Finde ich nicht. Ich finde es auch nicht gut, daß du sie auslachst. Du bist schadenfroh, Beate.« Also Daniel war heute wirklich sauer.

»Mein Totlachen hat mit der Frau überhaupt nichts zu tun. Es ist bloß spaßig. Du lachst ja auch, wenn ‚Dick und Doof' im Fernsehen kommt. Du lachst sie nicht aus, du amüsierst dich bloß, stimmt's?«

Er antwortete nicht. Was war los?

»Sag schon, Dani. Ist es noch wegen gestern? Das mit den Pferden? Ist doch längst vorbei. Das bißchen Runterfallen.«

»Ich weiß nicht, wie du bist, Beate. Dir glückt immer alles. Du nimmst alles leicht. Ich denke immer noch daran, wie wir unten saßen und uns alles weh tat. Dir ja auch. Wir hätten uns was brechen können und . . .«

Hätten! Können! Lieber Himmel, Dani. »Wie alt bist du: Zwölf oder sechzig?«

»Zwölf gewesen«, sagte er ernsthaft, »und das, was ich meine, hat mit dem Alter nichts zu tun. Dir glückt eben alles. Du bist in einer Glückshaut geboren, sagt Elsa. Im Brockhaus steht es genau. Kannst du selber nachlesen. Über ‚Glückshaut, Glückshaube'.«

Quatsch. Das wollte sie bestimmt nicht.

Sie sah ihn aufmerksam an. Er fühlte es also genau. Sein ewiges Pech. Ihr unverschämtes Glück. Ihre Verschiedenheit.

»Glückshaut muß ja nicht stimmen. Aber du hast so eine Art Sprungfeder in dir, Beate. Bei mir ist die vergessen worden. Das ist mein Pech.«

Dani. Hast schon recht.

»Aber Pech habe ich auch«, widersprach sie eifrig.

Er schaute sie fragend an.
»Weißt du nicht mehr, die Fünf im Aufsatz, bei dem mir Mama geholfen hat? Sie verfehlte das Thema, weil ich es auch nicht mehr genau wußte. Eine Fünf! War das nicht Pech?«
»Nicht deins. Mamas. Du mußtest den Aufsatz noch mal schreiben, und dann war es eine Zwei. Wieder Glück.«
Stimmte. Es war kein richtiges Pech.
Ihr fiel kein anderes Beispiel ein. Deswegen lenkte sie ab.
»Neben wem sitzt du jetzt? Hat's geklappt mit dem Werner?«
»Natürlich nicht. Der saß schon neben Ecki, als ich in die Klasse kam. Mein Schnürsenkel war unterwegs gerissen, und das dauerte so . . .«
Also, er brauchte nicht weiterzureden. Sie wußte alles.
»Du bist also doch an den Willo geraten? Was?«
Daniel kratzte sich hinterm Ohr, eine wohlbekannte Verlegenheitsgeste.
»Der setzte sich einfach neben dich, der dumme Kerl. Ich hätte gesagt: Ist schon reserviert. Für Arno. Der kommt doch erst morgen. Irgendeine Ausrede. Ganz egal, ob er sie glaubt oder nicht.«
»Ist eine Lüge. Mach' ich nicht. Außerdem kam der Arno in der Pause und ging sofort zu Jo.«
Verdammt. Das war wirkliches Pech.
Willo! Ausgerechnet der. Der war ein großer, kräftiger Junge, unglaublich frech und aggressiv. Sie hatten ihn schon mal von der Schule schmeißen wollen. Aber sein Vater war im Elternbeirat und hatte Willos Benehmen mit der Pubertät entschuldigt. Der saß nun neben Daniel und schüchterte ihn noch mehr ein. Wirklich, ihr wäre das nicht passiert.
Sie hätte irgendeinen Zauber aufgeführt, Alarm geschrien oder etwas in der Richtung. Scheußlich für Dani.
»Es kommt davon, weil du so lahm bist«, sagte sie. »Jeder weiß sofort, daß er sich bei dir alles erlauben kann.«
»Nicht alles.«

»Fast alles. Du bist so schrecklich gutmütig. Das ist es aber nicht allein. Ich muß nachdenken.«
Sie schwieg eine Minute. Mehr Zeit brauchte Beate nicht.
Dann platzte sie heraus: »Du schleppst deine Schwierigkeiten, deine Probleme zu deutlich sichtbar mit dir herum. Schon bei Elsa geht es los: Sie rüffelt dich, weil du Schuhcreme auf der Bodentreppe verschmierst. Warum wischst du sie nicht weg, ehe sie es entdeckt?«
Er zuckte mit den Schultern. »Weil sie eher da ist als ich. So ist es immer. Ich komme zu spät. Es hat überhaupt keinen Sinn, sich anzustrengen.«
Ja, wenn er es so sah! Dann hatte natürlich nichts einen Sinn. Das ganze Leben Pech. Zwecklos.
Sie schwieg, strich ihm über das enganliegende, dunkle Haar.
»Aber irgendwie ist es doch spannend, das Leben, nicht?«
Jeder Tag war anders. Sportlich, ihn zu erwarten und zu denken: Komm nur, Tag, ich werde schon fertig mit dir.
»Denkst du niemals so, Dani?«
»Nein.«
»Dann mußt du es lernen. Ich helfe dir. Ich weiß auch schon, wie wir das machen. Wir tun so, als seist du der Schnelle und ich die ‚Zögeriche'.«
Sie legte den Finger an ihre Nase und starrte angestrengt auf den Fußboden, als läse sie in einem Buch.
»Jetzt«, schrie sie, »jetzt weiß ich's: Wir trainieren dein Selbstvertrauen. Das kann man. Ich kann es. Machst du mit? Los, wir schließen ein Bündnis. Dazu gehört ein Unterpfand. Nimm ein paar Haare von mir, und ich von dir. Die tragen wir von jetzt ab immer bei uns.«
Sie sah ihm zu, wie er die drei oder vier blonden Haare, ein winziges Strähnchen, zusammenwickelte und unter dem Deckel seiner Armbanduhr verbarg. Er schnappte leise wieder zu. Hauptsache, Daniel glaubte daran. Bei ihr war es ja nicht so nötig. Sie wußte noch nicht, wo sie seine Haare aufbewah-

ren wollte. Vielleicht überhaupt nicht. Sie war ja in Ordnung. »Der Glaube versetzt Berge«, das hatten sie mal in Reli gelernt. Hoffentlich half es ihrem Bruder. Daran glauben muß man. Dann klappt es schon.

Rettungsspiele

Der Birnbaum war längst abgeerntet. Er hatte saftige, wenn auch kleine Früchte getragen. Nach Birnenkompott und Birnenmarmelade erfanden Mama und Elsa Birnensuppe. Igitt. Sie schmeckte greulich. Nicht süß, nicht sauer – nach nichts. Meine Güte, hatten sie das nötig? Besser war es, die Birnenschnitze auf dem Oberboden an langen Schnüren aufzureihen, die, halb getrocknet – das merkten die Geschwister bald –, am besten schmeckten. Beim Schuheputzen verspeisten sie sie heimlich, und niemand merkte es. So viele hingen dort. Überdies hatte der Regen der ersten wirklich kühlen Herbsttage die letzten und allerletzten Birnen an den Zweigen verfaulen lassen oder sie in die morastige Erde gebohrt. Jetzt konnte der Baum sich erholen . . .

Über Nacht wurde es dann doch wieder wärmer und freundlich. Trocken. Und der Himmel blau und seidig. Freilich waren die Schwärme der Zugvögel längst fortgezogen. Sie hinterließen nur die Erinnerung an ihre schöne geometrische Anordnung. Die Äcker lagen brach, glänzend und dunkelbraun. So sahen die Geschwister das Jahr abrollen, am Himmel und auf der Erde.

»Wir wollen bloß ein bißchen in der Gegend herumgondeln«, sagten Daniel und Beate zu der Mutter, schwangen sich auf ihre Fahrräder und balancierten durch das seitliche Hoftor direkt auf die Straße. Dabei bimmelten sie wie toll, damit die Autos bremsten.

»Wie die wilde Jagd.« Die Leute schüttelten den Kopf.

Die Landstraße war frisch geteert, die kleinen Kiesel spritzten gegen die Schutzbleche und manchmal höher. Machte nix. Sie flogen übers Land, und das war schön.
Dann stieg die Straße an, steiler als die von damals, bevor sie die steinernen Pferde entdeckten.
Diesmal war Daniel ausdauernder. Mit Vergnügen sah er, wie seine Schwester abstieg und keuchte: »Kann nicht mehr.« Sie gab ungern auf. Er sah es an ihren zusammengezogenen Brauen und den von Blau ins Grüne schimmernden Augen. Also stieg auch er ab. Sie waren jetzt in einem Hohlweg, dessen Ränder dicht von Büschen umsäumt waren und der in einen verwilderten Mischwald führte.
»Komm«, sagte sie, »hier geht's nicht weiter. Stellen wir die Räder ab und untersuchen den Wald.«
Sie versteckten sie unter Gestrüpp und niedrigen Fichten. Der schmale Waldpfad war übersät von Fichtennadeln und altem Laub. Sie gingen hintereinander, in den Wald lauschend. Wohin?
Sie zuckte die Schultern: Irgendwohin. Jedenfalls tief hinein. Der Pfad hatte sich längst verloren. Die Dornen der Brombeersträucher konnten ihnen nicht weh tun.
Sie glitten ab am derben Stoff ihrer Jeans, die in hohen Gummistiefeln steckten. Der Pfad raschelte unter ihren Tritten. Es lief sich wunderbar. Weich, wie auf einem Teppich.
Plötzlich schrie Beate auf und versank in einem Loch. Einem ziemlich tiefen Loch. Sie schaute zu Daniel hinauf: »Fang an! Hilf mir hier heraus!«
Eine Sekunde stand er verblüfft und ratlos. Nur eine Sekunde, dann wußte er, was sie von ihm verlangte: Er mußte sie »retten«. So war's verabredet. Das also hatte sie im Sinn gehabt. Denn sie machte jetzt nicht die geringsten Anstalten, sich selbst herauszuarbeiten. Blödsinn, Rettungsspiele!
Er warf sich bäuchlings auf den Blätterboden und streckte seine Arme nach ihr aus. Doch sie reichte ihm ihre Hände nicht.

Sie hatte sie auf dem Bauch gefaltet und wartete. »Ich kann nicht. Ich habe mir bestimmt was gebrochen«, klagte sie.
Daniel erschrak. Kleine Schweißperlen bildeten sich auf seiner Stirn und seiner Nase.
Soll er, dachte sie, soll er sich was ausdenken. Beate in Gefahr. Rettung nötig! SOS! Auf keinen Fall durfte sie lachen. Er sollte denken, alles sei echt. Ernst.
Er überlegte: Sie saß in einem Loch, aus dem Waldarbeiter wahrscheinlich einen großen Baumstumpf gerodet hatten. Natürlich war sie mit Absicht hineingefallen. Gemein. Langsam wurde er wütend und biß sich auf die Lippen. Warum hockte sie so unbeweglich da drin und machte ihm keinen Vorschlag, wie er sie herausholen könnte?
»Ich sage nix«, rief sie, »du bist dran.«
Sie blinzelte zu ihm hinauf. Ihre Augen lachten. Kein gutes Zeichen. Im Wald dunkelte es. Die Häher schrien unablässig. Es machte ihn ganz verrückt. Es kochte in ihm. Dieses eine Mal und nicht wieder. Wie sollte er sie bloß heraushieven? Ihr Haar leuchtete in der Dämmerung. Es schimmerte und glimmerte wie Giftpilze. Vorsicht!
In einem plötzlichen Entschluß griff er in ihre Mähne und zog daran, so stark er konnte. Sie gab keinen Laut von sich. Das folgende geschah ebenso lautlos: Sie streckte ihm ihre Arme entgegen und ließ sich hochziehen. Wie schwer war sie eigentlich, seine zierliche Schwester? Schwer wie ein Plumpsack. Sie machte sich steif. Gemein.
Dann hatte er sie draußen. Sie sprang hoch und schrie: »Das ist ein Gefühl, gerettet zu werden. Klasse gemacht.«
Ein erster Versuch, eine gute Leistung.
»Aber in echter Gefahr war ich nicht. Hast du das gemerkt? Was hättest du getan, wenn ich mir wirklich ein Bein gebrochen hätte?
»Schienen«, sagte er kurz. »Schienen aus Stöcken.«
»Und dann?«

»Dich auf meinen Gepäckträger gesetzt.«
Sie saßen nebeneinander und lachten. Eine überstandene, ausgedachte Gefahr. Herrlich komisch.
»War schön, mich zu retten. Was?«
Er nickte unsicher.
Dann hatten sie es eilig. Wo um alles in der Welt waren ihre Räder versteckt? Wo war die Fahrstraße? Vom Hohlweg aus in welcher Richtung?
»Hier«, rief Beate, »hier war das Büschel Ginster.«
Es stimmte nicht.
Wo bloß? Daheim würde es dann die lästige Fragerei geben: »Wo wart ihr? Warum so spät?« Zu ärgerlich.
Beate lief aufgeregt hin und her. Nach vorn und wieder zurück. Daniel blieb ganz ruhig und überlegte, und als er sagte: »Von dort sind wir gekommen«, hatte er recht. Sie fanden die Fahrräder, und alles war in Ordnung. Ohne Rücktrittbremse sausten sie auf der abfallenden Straße dahin und sahen bald den spitzen Kirchturm ihrer Stadt auftauchen. Die niedrigen Häuser und das am höchsten liegende Gerichtsgebäude natürlich zuerst. Sie waren wieder daheim. Müde Abenteurer.
»Wir sagen den Eltern nichts«, flüsterte Beate. »Hörst du, Dani? Du weißt, sie sagen uns ja auch nicht alles.«

Die Kirmes

Zunächst blieb der Waldspaziergang mit seinem unfreiwilligen Aufenthalt ihr einziger geplanter Rettungsversuch. Kein Versuch – es hatte ja hingehauen. Natürlich wäre Beate leicht allein aus dem Loch herausgekommen. So ähnlich wie damals aus den Unergründlichkeiten des Stadtturmes, als sie nur die Trittsteine zu benutzen brauchte. Ein gutes Gefühl, auf seine eigene Kraft und Geschicklichkeit bauen zu können. Es war aber auch ein prima Gefühl, gerettet zu werden.

Wenn Daniel in das Loch gesackt wäre! Sie lachte leise in die Dunkelheit ihres Zimmers. Daniel in der Löwengrube!
Sie lag gern so im Bett und ging in Gedanken spazieren. Am liebsten dachte sie an früher, als sie den kleinen Bruder noch an der Hand hinter sich hergeschleppt hatte. Das war nun vorbei. Was sie jetzt ausgemacht hatten, war schöner. Vor allem besser für ihn. Es macht ruhig und sicher, wenn da einer ist, der Hilfe und Freundschaft braucht. Es ist Glück. Man hat einen Partner. Man wird gebraucht. Bei Mama und Papa war es genauso. Sie waren stark. Miteinander waren sie stark. Es ist wichtig, sich zu ergänzen.
Aber wie findet man den richtigen Partner? Daniel würde es nicht immer bleiben. Eines Tages würden sich ihre Wege trennen. Wo aber fand man den neuen Freund? Den verläßlichen? Der so wie Daniel war und doch auch ganz anders sein konnte?
Papa und Mama hatten sich in einem Trödelladen gefunden. Punktum und dann Heirat. Kurz entschlossen. Punktum. Richtig getroffen. Eine gute Wahl. Die beste.
Beate seufzte. Also vorläufig war sie ja noch geborgen. Es ist sehr schön, in seiner Familie so zu Hause zu sein. Von ganzem Herzen geliebt.
Sie drückte ihr Kopfkissen umständlich zurecht und lag wieder still. Eine Familie ist wie ein Gewebe, ein zartes, aber festes Netz, das alle und alles zusammenhält.
Ich will möglichst niemals aus diesem Netz heraus.
Denn was geschieht, wenn man es doch abstreift? Aus Versehen zum Beispiel oder mit Absicht? Auf jeden Fall muß ein fester Faden übrigbleiben, der einen hält. Undenkbar, ohne ihn in der Welt herumzuschwirren. Das kam doch vor. Das gab es doch, daß der Faden riß. Herrn Möller war es passiert und Tadeuz und vielen, vielen anderen. Sie hießen »Heimatlose«, Umherschweifer, Landstreicher, Pennbrüder, Ausgeflippte, Fixer. Nicht zu retten. Papa hatte manchmal mit

solchen zu tun, und er nannte sie »arme Teufel«. Abgeschnitten vom Faden . . .
Unruhige Gedanken. Sie krabbeln wie Ameisen am Rücken hinauf. Beate kratzte sich unwillkürlich durch ihr dünnes Nachthemd. Jetzt war noch alles okay. Noch lange, lange Zeit. Unnötig, sich jetzt schon Sorgen zu machen. Hier lag sie. Nebenan Daniel und im Zimmer gegenüber die Eltern. Alle umschlossen vom Netz. Was konnte ihr zustoßen? Nichts.

Das Hämmern und Schreien hörte sie schon am Morgen, als sie zum Schulbus rannte. Die Buden für die Kirmes wurden aufgeschlagen, und etwas weiter weg von der Kirche rammten mehrere Männer Eisenstangen in die Erde. Ein Karussell? Eine Geisterbahn?
Am Mittag, wenn sie aus der Schule zurückkam, würde sie mehr sehen.
»Los, komm, Beate, sonst ist der Bus fort!'« Sandra stand an der Ecke und trat von einem Bein auf das andere.
Wirklich, am Nachmittag war eine kleine, glitzernde Stadt aus dem Boden geschossen. Eine Berg- und Talbahn. Eine Scooterbahn. Zwei Schießbuden, ein blau-weißes großes Zelt und eine Menge Verkaufsstände. Beate konnte vom Küchenfenster aus alles beobachten. Aber dabeizusein war besser.
Hausaufgaben? Natürlich keine. Über Sonntag, Mama, wo gab's denn das?
Sie raste die Treppe hinunter. Ohne Daniel. Er hatte keine Lust. Aber unten auf dem Marktplatz war es dann doch nicht so interessant, wie es von oben ausgesehen hatte. Fast nichts war richtig fertig, und das Fertige mit Planen zugedeckt. Nichts drehte sich. Nichts war in Gebrauch. Es gab nicht mal ein Eis aus der Gefriertruhe.
Beate hatte sich den Mädchen zugesellt, die sie aus der Schule kannte. Kleine Kreise hatten sich gebildet, genau abgegrenz-

te. Zu welchem gehörte sie? Zu Sandra, Marietta und Carolin? Zu Sonja, Gila und Petra? Zu keinem richtig. Sie hatte keine echte Freundin. Bei solchen Gelegenheiten mußte man eine haben. Da half kein Daniel.

Ein paar Jungen standen herum. Pendelschüler. Hier waren sie »der Größte«, der Macker, der Boß. Sie grinsten und lachten, immer mit Blick auf die Mädchen. Lachten überlaut und zupften an ihren Blousons, auf denen »University of Boston« oder ähnlicher Quatsch stand.

Zögernd lehnte Beate sich neben Marietta an die Hauswand im Tor der Metzgerei. Zwei junge Männer in blau-weiß gestreiften Jacken trugen Tische und Bänke herbei und stellten sie längs des Fußsteiges auf. Nach jedem Hin und Her taten sie einen kräftigen Schluck aus der Bierflasche, die sie hinter dem Türflügel der offenen Hoftüre versteckten.

Marietta sagte kein Wort. Sie lehnte nur lässig neben Beate und ließ sich von einem Burschen anschwärmen. Er bemühte sich sehr, sie zu unterhalten. Beate sah direkt, wie er vor Aufregung unter seinem weißen Käppi schwitzte. Marietta wußte das wohl auch. Gib dir keine Mühe, dachte Beate, die Marietta ist so hübsch wie langweilig. Siehst du's nicht an ihren Augen, daß sie dir gar nicht zuhört? Nein?

Marietta wälzte ihren Kaugummi im Mund herum. Also: Das war stinklangweilig. Daniel hatte nichts verpaßt. Morgen ging's ja erst richtig los. Wenn die Blaskapelle den Bürgermeister abholte und mit ihm zum Kirchplatz marschierte. Das Rednerpult war schon aufgebaut, mit Tannengrün umwunden. Festlich. Jetzt aber war alles noch doof.

»Tschüs«, sagte sie zu Marietta, drehte sich um und prallte auf Mischa. Esel. Mußte der ausgerechnet hinter ihr stehen? Ohne Vorwarnung hatte sie sich in ihn verrannt. Hätte Marietta ihr nicht einen Tip geben können? Die wußte doch das mit dem »Grasaff«. Aber nein, die war stumm mit ihrem Anbeter beschäftigt.

»Sorry«, sagte Beate und trat schnell zur Seite. Bloß hier weg. Aber sie hatte die Rechnung ohne die Pflastersteine gemacht. Die waren frisch gesetzt, und einige standen noch hoch. Jedenfalls flog sie hin. »Das kann auch nur dem passieren«, hörte sie in Sekundenschnelle Elsa sagen. Jetzt war es nicht Daniel, sondern ihr passiert. Pech! Sie konnte sich auf einmal sehr genau in ihren Bruder versetzen.
Der Mischa packte sie am Jackenkragen und zog sie hoch. »Hopp«, sagte er, »und danke für den Kniefall!«
Konnte sie was dafür, daß er hier herumstand, he?
Nee. »Du kannst überhaupt nichts dafür. So, wie du bist, meine ich.«
»Wie bin ich denn?«
Er kam einen Schritt näher. Näher ging es überhaupt nicht, und sie konnte sich nicht von der Stelle rühren. Leise sagte er, und sein Atem berührte ihr Gesicht: »So verdammt selbstsicher. Immer trallalalala.« Und dann noch leiser: »Grasaff.«
Sie gab ihm einen Stoß vor die Brust und rannte über den Platz. Sie hatte eine furchtbare Wut im Bauch und glaubte, platzen zu müssen. Aber je näher sie der großen Haustüre kam, desto deutlicher fühlte sie, daß sie ihr gar nichts nützte, diese herrliche Wut.
Langsam stieg sie die vierundvierzig Stufen – sie hatten sie längst gezählt – hinauf. Nicht mehr wütend. Bloß traurig. Kein Mädchen hatte sich um sie gekümmert, Marietta sie gerade noch geduldet. Und Mischa war ein Ekel. Warum motzte er sie an? Ohne jeden Grund. Hinfallen kann jeder mal. Was hatte sie an sich, daß er sie so anmachte? »Weil du so verdammt selbstsicher bist . . .« Was störte ihn denn daran? Er ging mit der Petra – sollte er die anpfeifen . . .
Sie spürte noch seinen harten Griff an ihrem Kragen. Seine Hand war warm und kräftig. Einen Herzschlag lang hatte sie ihre Haut berührt, diese Hand. Dummer Kerl. Am besten dachte sie nicht mehr an ihn.

Am nächsten Morgen, dem Sonntag, fand der Kirchweihgottesdienst statt. Beate und Daniel, den sie dazu überredet hatte, standen ganz hinten unter der Empore. Denn eigentlich gehörten sie nicht hierher, weil sie, wie Vater sich scherzhaft ausdrückte, »das falsche Gesangbuch hatten«. Aber sie wollten einmal dabeisein, wenn der Priester in seinem Festgewand mit den Meßbuben in die Kirche einzog.

Erwin aus der Grünen Marktstraße trug das Kreuz feierlich und hoch über allen Köpfen. Das Gewand des Priesters gefiel den Geschwistern sehr. Es schimmerte rot und golden, und ein Spitzenüberwurf, fast ein Kleid, machte es noch festlicher. Kein trübes Schwarz wie in ihren Gottesdiensten. »Obwohl Schwarz ja auch feierlich ist, nicht, Daniel?«

Die Choräle klangen ihren Ohren auch fremd, aber schön. Am sonderbarsten fanden sie die Bewegungen vor dem Altar: das Grüßen, Sichverneigen. Das Schwenken des goldenen Gefäßes und den Duft, der an Weihnachten erinnerte.

»Schöner als bei uns«, flüsterte Beate.

»Anders«, sagte Daniel.

»Pst«, machten die Leute.

Auf ein Klingelzeichen sanken alle auf die Knie. Mußten sie auch? Unsicher sahen sie sich um. Wieder ein Klingeln, ein helles Läuten, und kurz darauf ein scharrendes Sicherheben und Ausatmen.

»Das war die Verwandlung.«

»Was?«

Sie legte den Finger an den Mund: »Später.«

Jetzt kam der Kirchendiener und reichte dem Priester ein schönes, goldgesticktes Tuch. Einen Schal. Er küßte es und legte es sich um die Schultern. Dann hob er die glänzende Monstranz und bot sie allen Augen dar. Was kam nun?

»Der große Segen«, flüsterte die Frau neben ihnen.

Danach leerte sich die Kirche schnell. Draußen lockte die warme Mittagssonne, das Mittagessen daheim oder ein kühles

Bier im Festzelt. Beate und Daniel hatten es nicht eilig. Fast alleingelassen in dem hochgewölbten Kirchenschiff, war es ihnen jetzt noch feierlicher zumute. Es roch so süß und rauchig. Die dicken, weißen Altarkerzen flackerten, wenn die Kirchtür sich immer wieder einmal öffnete oder schloß. Der Küster löschte sie mit einer kleinen Kelle. Aber das Ewige Licht leuchtete. Rot und verheißungsvoll.

»Ewig«, sagte Beate leise. Ewig ist ein schönes Wort. Man muß es langsam sprechen, dann sieht man sie beinahe, die Ewigkeit. Das Immer. Das Nie-Aufhören. Das immerwährende Vertrauen.

Sie mußten jetzt gehen. Warum saß Beate so stumm auf ihrem Platz?

»Komm!«

Sie folgte dem Bruder, blieb aber am Ausgang stehen, schaute zurück und dachte: Zuflucht. Hier. Wenn ich sie einmal brauchen sollte . . .

Sie traten hinaus in die helle Wirklichkeit.

Die Sonne blendete. Das Leben war wieder ganz wie gewohnt. Stimmengewirr drüben aus dem Festzelt und laute Zurufe über den Platz. Der Geruch frisch gegrillter Bratwürste und Fische am Steckerl.

Sie hatten Hunger. Elsa hatte versprochen, die Klöße »echt« und nicht aus der Tüte zu machen. Mama nahm den Braten aus dem Rohr und schmeckte das Rotkraut ab, das niemand so gut kochen konnte wie sie.

Sieverts hatten beschlossen, am Abend auf den Kirmesball zu gehen. Da half Papas sanfter Protest gar nichts.

Daniel? Er sträubte sich entschieden. Kirmesball paßte überhaupt nicht zu ihm. Es paßte so vieles nicht zu ihm. Unverbesserlicher Einzelgänger. Aufpassen, Beate! Aufpassen, daß er nicht so bleibt.

Der Saal war überfüllt. Die Eltern saßen am Tisch des Bürgermeisters. Neben ihnen der junge Doktor und Apothekers und der Landrat mit seiner schicken Frau. Ein langer Tisch.
Beate stand unschlüssig daneben. Sie beobachtete die Eingangstür. Wer kam? Zu wem sollte sie sich setzen? Waren Marietta und Sandra schon da? Nicht zu entdecken. Am liebsten wäre sie jetzt auch daheim wie Daniel. In dem grauen Rock, der weißen Bluse und dem Trachtenjäckchen fühlte sie sich nicht wohl. So neu. So ungewohnt. Bei der nächsten Gelegenheit drückte sie sich. Klar. Mama war manchmal so entsetzlich bestimmend! »Du gehörst zu deinen Freundinnen, Kind. In deinem Alter hatte ich . . .«
Ja, ja, Mama, hattest du. Aber du bist nicht ich, und ich bin nicht du. Zum Beispiel fürchte ich mich jetzt davor, den Mischa hier zu treffen. Er sagt »Grasaff« zu mir. Lieber Gott, gib, daß er nicht kommt. Oder gib, daß er mich nicht beachtet. Mischa, mein Feind, mein Widersacher.
Davon weißt du nichts, was, Mama? Das verstehst du nicht einmal. Du findest ihn nett. Hübsch und wohlerzogen. Ha! Der beste Diskuswerfer der Schule! So was von liebenswürdig! Ha! Wehe aber, wenn er einen auf dem Kieker hat. Warum? Das weiß ich auch nicht. Warum, lieber Gott, läßt du es zu, daß er mich so mies behandelt?
Marietta schwebte zur Saaltür herein. Ganz in Rosa und Rüschen. Kitschig, aber hübsch. Hinter ihr der Junge von gestern nachmittag. Den schleppte sie also heute an. Den Jerry.
Marietta steuerte auf Beate zu: »Grüß dich. Kommst du mit an unseren Tisch?«
Was für eine Frage! Natürlich.
Es wurde ein schöner, ein lustiger Abend, der bis in die Nacht reichte. Beate tanzte mit dem Vater. Mit dem Doktor. Mit dem Herrn Apotheker. Dann hatte sie die alten Herren satt. Jerry forderte sie zu einem Rock and Roll auf. Mensch, der konnte das! Für sie war tanzen eine Lust, die Tänzer waren

ihr ganz gleichgültig. Jerry? Nett, aber er schwitzte stark, was Beate mißfiel. Danke, Jerry, es reicht.

Und dann verbeugte sich Mischa vor ihr. Sehr lässig und so, als erledige er eine leidige Pflicht. Ein Tango. Du Schreck. Sie hatte Tango noch nie gemocht. Hilflos hob sie ihre Arme, und er faßte sie fest um die Taille. Himmel, hatte der einen Griff! Sportlich.

Schlimm war, daß sie nicht begriff, was für Schritte er vorhatte. Deshalb trat sie ihm auf die Füße oder kam ganz aus dem Takt. Immer reagierte sie falsch. Sie schwenkte nach rechts, wenn er eine Linksdrehung plante. Eine jämmerliche Tanzerei.

Das Allerschlimmste war, daß er kein Wort sagte. Sie unterhielt sich gern während des Drehens und Wiegens. Aber mit ihm? Null. Nothing. Nihil. Wann fing er endlich an, sie madig zu machen? Während des Holperns und Stolperns versuchte sie, sich gepfefferte Antworten auszudenken. Aber er blieb stumm wie ein Fisch. Es war allmählich lästig, wie in einem Schraubstock zu stecken.

Abklatschwalzer!

Sofort ließ sie ihn stehen und nahm Udo, weil er ihr in die Quere kam. Freiwillig hätte sie sich nie für ihn entschieden. Udo, der letzte Heuler. Mischa schwebte mit der Petra davon. Ein Glück, daß sie ihn los war! Und noch ein Glück! Sie gewann in der Tombola eine verzierte Sahnetorte. Ja sie, die kleine Sievert!

Wie sie strahlt! Wie sie nickt! Wie glücklich sie ist! Schnell war die Torte verteilt. Beate bekam nur einen kleinen Happen. Machte nix.

Wo war Mischa? Sah er wenigstens, daß sie eben der Mittelpunkt des Festes war? Der Grasaff im Mittelpunkt.

Haste nicht gedacht, was?

Krampf. Alles mit Mischa war Krampf . . .

Es war spät, als sie sich auf den Heimweg machten. Die Nacht war lau, beinahe wie im Spätsommer, und sie hatten Oktober. Man hörte das Trippeln der Absätze in den Straßen. Es klang, als schütte man Erbsen aus.
»War schön, nicht?« Die Mutter hatte Beate untergefaßt. »Aber Tango mußt du noch lernen. Der Mischa tat mir leid, wie er sich mit dir abquälte.«
Mama! Keine Ahnung! Ich mühte mich mit ihm ab.
Wieder lachte die Mutter. Was amüsierte sie so? Sie hätte das auf keinen Fall sagen dürfen. Nicht heute. Nicht jetzt mitten in der Nacht.
»Ein hübscher junger Mann.« sagte der Vater. »Nette Art.«
Auch das noch.
»Aufdringlich ist er. Schoß sich einfach in meine Umlaufbahn. Ihr kennt ihn nicht.« Und ich sage euch nichts.
Umlaufbahn? Was für ein Ausdruck! Wo hatte sie den aufgeschnappt?
Beate antwortete nicht. Geplapper. Eltern waren machmal anstrengend. Natürlich konnten sie nicht ahnen, daß ein spitzer Dorn in ihrem Herzen saß, der sanft, aber beharrlich zu bohren begann.

Daniel schlief fest. Schade. Sie hätte so gern mit ihm geredet. Sie wäre ihn so gerne los, diesen Dorn. Reden hilft manchmal. Mit Daniel half es fast immer. Er wirkte beruhigend auf sie. Er war nicht so leicht aus dem Gleichgewicht zu bringen. Auf einmal, jetzt, dachte sie an ihn wie an einen älteren Bruder. Komisch. Dabei war er es doch, der noch so viel von ihr zu lernen hatte.
Ach laß. Jetzt bin ich müde.

Sie waren schon öfter an der Mühle vorbeigekommen, aber erst an diesem Nachmittag hatten sie Lust abzusteigen. Ihre Fahrräder warfen sie achtlos auf die Wiese. Hier kam keiner, der sie klaute. Die Eltern übetrieben mit ihrer Sorge. Dann rannten sie die Böschung hinunter zum Mühlengrund.
Das Geviert baufälliger Häuser sah geduckt und armselig seinem unaufhaltsamen Verfall entgegen. Die meisten Fenster waren eingeschlagen, die noch vorhandenen blind von Staub. Auf einem stand mit Kreide verschmiert: »Antje ist doof«, und auf dem anderen, größeren: »Alle guten Geister fressen gerne Kleister«.
Die Tür war nicht verschlossen, sie öffnete sich bei leichtem Gegentippen. Schloß und Klinke fehlten. Sie quietschte nicht einmal. Als Beate, ganz Neugier und Spannung, sich in das Dunkel schleichen wollte, schubste Daniel sie zur Seite. »Nicht du. Ich gehe zuerst.«
Also gut. Die Abmachung galt ja noch immer. Er vorneweg, sich ins Ungewisse wagend. Rettungsspiele! Im hinteren Raum war nicht einmal sein Schatten zu erkennen. Leise Furcht ergriff Beate. Wenn ihm jetzt etwas zustieß, war sie schuld. Ohne Zweifel war sie die Anstifterin. »Dani, is' was?«
»Nein, warte.«
Der Fußboden mußte weich sein. Kein noch so leiser Schritt war zu hören. Sie wurde ungeduldig. Wann erlaubte er ihr endlich nachzukommen? Sie bereute heftig, mit ihm die Rollen getauscht zu haben. Sie wäre schon längst überall durch, auch im Oberstock.
»Dani«, rief sie, »kann ich nicht auch?«
Ein toller Schlag war die Antwort.
Sie erstarrte: Jetzt war's passiert. Bestimmt war er verletzt. Gestürzt, durchs Fenster vielleicht nach tief unten. Lieber Gott, gib, daß er noch lebt! Einen Augenblick dachte sie an

den Priester in seinem rot-gold-weißen Gewand und wie er die Gemeinde segnete. Auch sie hatte er damit gemeint. Ganz bestimmt. Das mußte jetzt helfen. Jetzt und hier! Aber anstatt in das dunkle Haus zu gehen, rannte sie außen herum. Irgendwo mußte er liegen. Irgendwo.

Er lag nirgends. Er sah ganz vergnügt aus einer Dachluke auf sie hinunter und lachte aus seinen braunen Knopfaugen. »War bloß 'ne Latte. Du kannst raufkommen, ich hab's untersucht. Alles fest.«

In beinahe völliger Dunkelheit hastete sie die zwei Treppen nach oben, wo es dann plötzlich ganz hell war. Die Fenster – offene Augen. Das schwere Stück Holz, das umgefallen war, lag friedlich auf den groben Dielen. Eine Dachsparre. Jedenfalls gab es hier einen idealen Ausguck, und Daniel saß darin. Die Sonne warf schon tiefe Schatten auf das gegenüberliegende Waldstück, aber die Landstraße, die sich vorbeiwand, war noch ein blau schimmerndes Band. Alles sah so zierlich aus. Und irgendwo rauschte ein Bach. Ein Wasser. Wo? Sie kletterten die beiden geländerlosen Treppen hinunter und waren wieder auf dem grasigen Grund, der den Mühlenhof umgab. Jetzt lief Beate vorneweg. Der Knall von vorhin saß ihr noch in den Knochen. Lieber sie als er. Diese Rettungsspiele waren reiner Quatsch. Aus damit.

Dann schlug sie vor Überraschung die Hand vor den Mund: Es drehte sich! Das schwere Mühlrad drehte sich wahrhaftig, langsam zwar und knarrend, aber es tat seine Arbeit. Unermüdlich, verlassen und angefault. Man hatte ihm einst befohlen: Dreh dich! und vergessen, es abzustellen, als es unnütz wurde. Seit wann? Wie lange noch?

Beate vergaß, Daniel zu rufen. Selbstvergessen betrachtete sie das alte Rad, von dem ein schmaler Wasserstrahl in den darunter fließenden Bach mehr tropfte als floß.

Unter dem Rad war der Bach tiefer. Seine Seitenwände auszementiert und algengrün angelaufen.

Es roch modrig. Das Wasser war auch grün und fast undurchsichtig. Hier hineinzustürzen konnte lebensgefährlich sein. Trotzdem trat sie neugierig näher, zwanghaft getrieben bis an den Rand des Baches. Fäulnis, die einen beinahe betäubte. Der Geruch verwesender Pflanzen und Tiere, die da unten versunken waren. Blätter, Gras, Kröten, Molche, Würmer. Ein Hase vielleicht?
Sie schüttelte sich, doch seltsamerweise gefiel es ihr hier. Sie wünschte sehr, daß Daniel sie nicht fand. Denn jetzt, im beinahe schwarzen Halbschatten, erkannte sie eine schmale Steintreppe. Ein Treppchen nur. Sie berührte es mit dem Fuß: es war fest. Aber zu spät merkte sie, daß das verrostete Geländer keinen Halt mehr bieten konnte. Als sie sich darauf stützen wollte, fiel es einfach um.
Wieder hinauf? Zurück? Oder hinüber? Den Sprung ans andere Ufer traute sie sich zu, wußte aber nicht, ob es dort rutschig, gefährlich war.
Mit ängstlichem Blick schätzte sie ihre Möglichkeiten ab. Was tun? »Dani!« rief sie, so laut sie konnte. Und noch einmal: »Daniel!« Sie geriet nicht etwa in Panik, aber ihr wurde schwindlig. Alles schien sich zu drehen.
Sie fuhr sich über die Augen. Es half nichts. Völlig sinnlos wollte sie nach dem umgestürzten Geländer greifen, aber es lag zu weit weg.
Die rasche, unkontrollierte Bewegung brachte sie beinahe aus dem Gleichgewicht. Instinktiv kauerte sie sich zusammen, um auf der schmalen Stufe kleiner zu sein. Ihr Kopf war jetzt ganz leer. Nur ein Gedanke darin: »Dani, wo bist du?«
»Hier hockst du? Ich suche dich wie eine Stecknadel.«
Dann erkannte er ihre unangenehme Lage. Ein Häufchen Unglück und ganz bewegungsunfähig. Unten das schwarze, unheimliche Wasser. Was hatte sie hierher getrieben? Manchmal war sie ein bißchen verrückt. Leichtsinnig, unbedacht. Er kannte das ja an ihr.

Vorsichtig trat er auf die oberste, glitschige Stufe und ebenso auf die nächste. Es mußte rasch gehen. Am besten mit einem Ruck. Ins Taumeln durften sie nicht geraten. »Ich pack' dich jetzt an deinem Gürtel!« rief er. Sie tat einen kleinen Schrei, und so landeten sie beide auf dem trocknen Saum der abfallenden Wiese.

»Du hattest Angst?«

Sie schüttelte den Kopf: »Nicht Angst. Aber ich war wie gelähmt. Fertig. Ich dachte, wenn du nicht kommst, falle ich da hinunter.«

»Mach's nicht so dramatisch. Es war ja ausgemacht. Ich rette dich. Gut, was?« Er lachte.

Mensch. Er glaubte an ein Spiel. Für mich war es ein Ernstfall. Der erste oder zweite. Du brauchst es nicht zu wissen, Dani. Noch einmal machen wir so was Dämliches nicht . . .

Sie gaben sich die Hand, und als sie ihre Fahrräder holen wollten, stand der Vater vor ihnen. Verdammt. Der hier. Kam er jetzt schon von der Besprechung aus der Stadt zurück? Er lehnte an der Autotür und sah sie kommen: »Die Räder sollt ihr abschließen. Hundertmal ist es euch gesagt worden. Gefällt mir gar nicht. Ihr seid unzuverlässig.« Ausdruck seiner höchsten Mißbilligung. Der Tonfall ironisch, nicht einmal streng. Der leise Unmut in seiner Stimme genügte.

»Außerdem, was macht ihr hier? Beate, hast du nicht genug von altem Gemäuer? Diese Mühle liegt schon lange still, aber ihr müßt darin rumsteigen. Du bist die Ältere. Du solltest mehr Verstand haben als . . .« Dann unterbrach er sich: »Oder muß ich mich in Zukunft mehr auf deinen Bruder verlassen?«

»Wir wollten nur . . .«

Ja, ja, sie wollten nur. »Wer stiftete diesmal den Blödsinn an? Du oder du?«

Unwillkürlich traten beide einen Schritt vor und sagten gleichzeitig: »Ich.«

Es wirkte wie eine Freiwilligenmeldung, und der Vater lachte endlich. Ehe er wieder einstieg, schüttelte er den Kopf: »Ihr seid wirklich euer Geld wert. In einer halben Stunde seid ihr zu Hause. Ich stoppe die Zeit.«

Sie wußten, daß er sie bei Mama nicht verpfeifen würde. Sie begann meist zu zetern und zankte auch mit Papa.
Schrecklich. Sie duckten sich dann alle drei, und Papa verließ das Zimmer. Streit ist häßlich. Ein Glück, daß er am nächsten Tag vergessen war. Lange konnte auch Mama nicht böse sein. Sie hatten wirklich tolle Eltern. So was von Toleranz! Übrigens bedrückten Daniel diese Anflüge von Disharmonie viel mehr. Die Eltern taten ihm leid: Der Vater, weil er es einfach »einsteckte«, und Mutter, weil sie sich so unnötig aufregte. Beate schien es besser zu verkraften. Sie war eben die glücklichere Natur.

Wintervergnügen

Mit einem Schlag waren die schönen herbstlichen Tage vorbei. Nachts fror es Stein und Bein. In den folgenden Tagen fiel Schnee. Nicht viel, aber gerade genug, um den Winter kommen zu spüren. Gerade genug, daß sich bei dem morgendlichen Gerenne zum Bus oder zum Zug der Frost in die Nase setzte und kitzelte.
Zu wenig Schnee für eine Rodelbahn. Viel zu wenig zum Skilaufen über die Felder. Aber genug Kälte für eine Eisbahn, die auf der großen Wiese vor der Stadt angelegt wurde. Sie war bald spiegelglatt und hatte dank ihrer besonderen Technik kaum Buckel oder Risse.
Abgegrenzt waren ein Platz für die Eishockeyspieler und eine Bahn für die Schnelläufer. Die Mitte gehörte den »Eisstars«, die gewagte Sprünge und Pirouetten vorführten.

Beate war mit Sandra und Britta auf dem Wege dorthin. Widerstrebend. Erstens war sie nicht sicher, ob ihr die per Annonce gekauften Eislaufstiefel – fast neu – paßten, und zweitens zweifelte sie an ihren Eislaufkünsten vom vorigen Winter. Eine richtige Kunsteisbahn ist jedenfalls was viel Besseres als eine eisüberkrustete Wiese.
Beate war nicht übermäßig ehrgeizig, aber gewöhnt, unter den ersten, den besten, den geschicktesten zu sein. Blamieren? Kam nicht in Frage. Erstaunlich war, daß Daniel mir nichts, dir nichts seine Begeisterung für Eishockey entdeckt hatte. Noch erstaunlicher, daß Willo es war, der ihn mitnahm. Mit Willo? »Der knallt dir doch bloß seinen Schläger oder den Puck vor die Beine. Paß bloß auf, Dani!«
Och – er kam mit dem Willo gut zurecht. »Der ist nicht so schlimm, wie ihr alle denkt.«
Na gut.

Die Mädchen kauerten sich in den trockenen, glitzernden Schnee und zogen ihre Stiefel an. Sandra faßte Beate unter den Arm und zog sie auf das Eis. Nett von Sandra. Die gegebene Freundin. Sie tratschte und petzte nicht. Ganz anders als Marietta, die unzuverlässig und sprunghaft war und immer einen Jungen im Kopf hatte. »Und sonst gar nichts«, spotteten die Mädchen. Auch jetzt war sie mitten im Wirbel, an jeder Hand einen, und schwenkte ihr kurzes Röckchen: herhin, hin-her. Mensch, die!
Beate fand sich gut zurecht. Nichts verlernt vom vorigen Jahr. Sie stieß sich kräftig ab und kam schnell in Fahrt. Zwei-, drei-, viermal umrundete sie die ganze Bahn. Sie winkte Daniel zu, aber er sah sie nicht.
Plötzlich fühlte sie sich gepackt, festgehalten an ihrem Schal: Mischa. Wütend, rot vor Zorn. »Verdammt, du machst die ganze Bahn kaputt. Wo du läufst, hackst du Löcher. Der ganze Rand ist schon im Eimer. Hier«, er riß sie am Ärmel, »hier

schaut schon das Gras durch. Dich gibt's wirklich nicht zweimal.« Er hielt sie noch immer fest und deutete mit ausgestrecktem Zeigefinger nach unten. Sie blickte gar nicht hin und drehte sich blitzschnell weg. Ihren Schal behielt er in der Hand.
Mein Schal! Die Löcher, wo denn? Ein Spinner. Er hatte die ganze Mitte für sich und sprang wie ein Floh rauf und runter. Irgend so einen Lutz oder Axel. Wer konnte das unterscheiden? Sie wünschte ihm von Herzen, daß er mal ordentlich auf die Schnauze fiele. Was ging ihn ihre Bahn an?
Reine Schikane. Wirklich gemein. Warum ließ er sie nicht in Ruhe? Was tat sie ihm denn? Warum konnte er sie absolut nicht leiden?
Sie ging jetzt heim. Sofort. Wie hätte sie ahnen können, daß er hier war und seine dämlichen Pirouetten drehte? Der Schal? War ihr doch egal. Sie fühlte seine Blicke in ihrem Rücken. Steh nur da, du Grasaff. In ihrer Erregung vergaß sie, die Schuhe zu wechseln, und merkte erst nach ein paar Metern, daß sie nicht vorwärts kam. Zurück also.
Er stand schon neben ihren vergessenen Stiefeln und beobachtete, wie sie hastig und ungeschickt an den Senkeln riß. Kein Wort. Zu dir nicht. Doch dann war sie fertig und stand auf. Sie sah ihn voll an: »Warum . . . ich meine, warum läßt du mich nicht in Ruhe? Was habe ich dir getan?«
Sie konnte nicht vermeiden, daß ihre Stimme zitterte.
Er maß sie von oben bis unten: »Deshalb.«

Der Weg nach Hause war weit, und über die angefrorenen Wiesen lief es sich mühsam.Ihr war kalt. Die Schlittschuhstiefel piekten in ihren Rücken.
Seine spöttischen Augen. Sein schmaler Mund. Heim.
Schnell heim. Ins schützende Zuhause.
Sandra und Marietta winkten: »Kommst du mit? Wir wollen noch ins Café. Was wollte denn der? Was war denn?«

»Ach, nichts.«
Sie löffelten ihren heißen Schokodrink mit Sahne.
»Der ist so«, sagte Marietta. »Reg dich ab.«
Wieso? Hatte sie sich aufgeregt?
»Angeber«, sagte Sandra. »Außerdem ist der sauer, weil's mit der Petra aus ist.«
»Der hat doch Schluß gemacht«, wußte Marietta. »Aus dem wird keiner klug. Ein absoluter Affe.« Sie beugte sich vor, strich Beate über den Arm. »Ärgere dich bloß nicht über den. Nimm's leicht.«
Wie gut das tat! Klar nahm sie es leicht. Ein Trost, daß niemand ihn mochte . . .

Aber sie wurde das Bild nicht los: sein zorniges Gesicht. Sein Spott. Seine wegwerfenden Handbewegungen. Irgendetwas mußte er doch bezwecken. Was aber? Es war anscheinend unmöglich, mit ihm vernünftig zu reden. Sie wurde plötzlich hilflos, wenn sie ihm begegnete. Der erste Mensch, der sie nicht leiden konnte. Aber immer war er dort, wo sie war. Zufall? Sie kam sich vor wie ein Schiff ohne Steuerung. Wie durch Zauber setzte er ihre Aktivität außer Betrieb. Wen konnte sie fragen?
Wer würde sie verstehen? Wer würde verstehen, was sie selber nicht verstand?
Elsa öffnete die Korridortür. Es war hell und warm in der Diele. Hier war sie daheim. Alle Unsicherheit war weg. Nur ein Spuk gewesen. Vorbei. Laß mich in Ruhe.
»Mama, wie gut, daß du da bist. Ich habe so sehr gefroren.«
Vater saß am Tisch und klebte Zinnfiguren auf die langen, schmalen Brettchen. Alles ruhig und freundlich.
Sie nahm ihre Gitarre vom Haken. Was wollen wir spielen?
»Lieder ohne Worte, Nummer fünf und acht.«
Es ging gut. Klang zart und machte froh. »Gut, Beate. Du machst entschieden Fortschritte.«

Ach, es war schön. Alles daheim war schön. So, wie sie lebten, war es gut. Sie ließen sich in Ruhe, sie tolerierten sich. Man müßte ewig hierbleiben dürfen. Hier war man sicher.
Daniel kam. Rotgefroren und glücklich. »Beate, dein Schal. Er sagt, du sollst deine Sachen nicht rumliegen lassen.«
Er log also auch, dieser Mischa.
So gleichgültig wie möglich erwiderte sie: »Danke, Dani. Ich habe ihn wirklich vergessen.«

Schwarzer Vogel auf dem Dach

Ein paar Wochen vor Weihnachten taute die Eisbahn auf und war nur noch eine riesige Pfütze. Wie gut! Beate hatte nun keine Ausreden mehr nötig, wenn Sandra sie drängelte, mit ihr Schlittschuh zu laufen. Niemand sollte das Geheimnis kennen, das sich um Mischa und sie wob. Die vielen Fragen, die Beate sich selbst stellte. Was für eine unbegreifliche Welt! Was für ein seltsamer Junge! Junge? Er war achtzehn, wurde neunzehn. Das hatte sie ausgerechnet. Schließlich ging er in die 13. Klasse. Wenn er eine »Ehrenrunde« gedreht hatte, war er vielleicht fast zwanzig. Aber der nicht. Der drehte keine. Der war klug. Klug und hochmütig. Wie bist du, Mischa? Wie gern wüßte ich das. Wie gern, wie gern.
Sie stand am Fenster des Gartenzimmers. Der Himmel hing seit Tagen wieder voll Schnee, aber dort blieb er auch. Morgen oder übermorgen würde er wahrscheinlich Garten und Wege glitschig und naß machen und in die Erde sickern.
Krähen saßen im dürren Birnbaum. Zusammengeballt wie Wollknäuel. Nur manchmal stoben sie hoch und zogen mit lautem Krah-krah ihre Kreise über den Dächern. Seid ruhig. Haltet eure blöden Schnäbel. Ihr macht mich noch verrückt. Sie riß das Fenster auf und schrie: »Haut ab, ihr Mistviecher! Krah-krah-krah. Mehr könnt ihr nicht.«

Sie schloß das Fenster und starrte wieder in den grauen Himmel. Das war ja nicht auszuhalten. Trübsinn, Trübsinn, du mein Vergnügen. Trübsinn, Trübsinn, du meine Lust! Ein dummer Spruch. Irgendwo aufgelesen. Seltsam, daß er ihr jetzt einfiel.
Entschlossen kehrte sie sich vom Fenster weg und ging über den Dielengang in die Küche.
Elsa bügelte. Anscheinend war es ihre bevorzugte Nachmittagsbeschäftigung.
»Hattest du das auch?« fragte Beate und zog sich den Küchenhocker neben das Bügelbrett.
»Was?«
»Anfälle von Trübsinn. Bei schlechtem Wetter. Mich ärgern zum Beispiel die Krähen auf dem Dach.«
Elsa sah kurz auf. Es war nicht leicht, sie von einer einmal begonnenen Beschäftigung abzulenken.
»Das? Hat doch jeder manchmal. Immer gute Laune, das gibt es gar nicht.«
So. War das die ganze Antwort?
»Wie oft hat man das?«
Elsa schien nicht hinzuhören.
»Wie oft hast du das?« Beate wurde lauter.
Elsa zuckte die Schultern. Sie hatte wahrscheinlich noch nie darüber nachgedacht.
»Dann denk jetzt«, befahl Beate.
Klirr – das Bügeleisen wurde auf den Untersatz gestellt und das Oberhemd, eben fertig, sorgfältig zusammengefaltet. Wie sie das machte. Gekonnt.
Ganz unvermittelt begann Elsa: »Wenn man Arbeit hat, denkt man nicht so viel nach. Bei mir war das so. Wenn ich aus der Schule kam, war meine Mutter schon fort. Im Wald. Sie war beim Forstamt angestellt, und sie setzten Bäumchen in die Schonungen. Mein Vater lebte ja nicht mehr.«
Ja, ja, das wußte Beate. Aber weiter.

»Was weiter? Ich machte das Essen fertig, und dann kamen meine Schwestern und – na ja, wie das eben so ist.«
Wie das eben so ist. Einer von Elsas abschließenden Sätzen, der keine weiteren Fragen erlaubte. Eins sagte sie noch: »Arbeit ist das beste Mittel.« Sie hatte längst das nächste Hemd unterm Eisen, sah Beate aber von der Seite schräg nach unten an: »Ihr habt es besser.« Stimmte. Bloß die Schule und die nicht einmal so gern. Oft lästig. Elsa hatte wohl immer wenig Zeit für sich selbst gehabt. Vielleicht war das besser. Sie schwiegen eine Weile. Wie flink und geübt Elsa hantierte. Sie war beneidenswert – irgendwie.
»Lebst du gern? Lebst du gern bei uns?«
Fragen! Fragen stellte sie.
»Ja. Mir macht es Spaß, wenn etwas fertig wird und dann in Ordnung ist. Und ihr seid ja alle sehr nett. Und wie ihr eingerichtet seid. Das gefällt mir. Die Bilder an der Wand und, na, eben alles. Auch die Zinnfiguren.«
Beate lachte: »Du hast ihn also auch schon, den Zinnbazillus, wie Mama das nennt.«
Es war schön und erleichternd, mit Elsa zu ratschen. Zu reden. Plötzlich war es unkompliziert und einfach. Man bekam gute Laune. »Wir haben dich auch wahnsinnig gern«, sagte sie, »und du bleibst doch?«
»Natürlich.« Na, gottlob.
Beate schaute aus dem Küchenfenster auf die Straße: alles wie immer. So gewohnt. So lieb gewohnt. Die paar Autos vor dem Café. Leute, die zum Markt oder in die andere Richtung strebten. Frauen, die zusammenstanden und redeten. Das dort war die Frau des Tierarztes, die ihren Hund ausführte. Eine nette Frau, die besonders Daniel in ihr Herz geschlossen hatte. Er konnte zu ihr gehen, wann er wollte. Er fütterte die Stallhasen oder mistete ihre Ställe aus. In letzter Zeit war er allerdings seltener drüben. Sie hatte ganz vergessen, ihn zu fragen, warum.

Dann entdeckte sie Sandra. Beate rief hinunter: »Kommst du ein bißchen rauf?«
»Nee. Komm du runter.«
»Tschüs. Sag Mama, ich bin mit Sandra ein Stück . . .«
Ach, es war schön, so wie es war. Ein Kreis, ein enger Kreis um sie, und sie selbst mitten drin.
Wohin? Ins nächste Dorf?
Gut. Sie schritten kräftig aus und waren in knapp einer halben Stunde am Ziel.
»Ich zeige dir das Haus«, sagte Sandra eifrig.
»Welches?«
»Wo er wohnt. Bei seiner Tante. Der Mischa.«
Sie wußte es also. Sandra hatte es gemerkt. Kein Geheimnis mehr. Sie fuhr sie an: »Was für'n Quatsch. Das interessiert mich gar nicht.«
»Interessiert dich doch. Denkst du, ich bin blind? Du wirst stumm wie ein Fisch, wenn du ihn nur von weitem siehst. Soweit kenne ich dich schon.«
Es ist nicht angenehm, durchschaut zu werden. Es ist nicht angenehm, wenn ein Geheimnis keins mehr ist. Aber Sandra war in Ordnung: »So ungefähr. Aber verrate es niemandem. Ich glaube, er haßt mich. Kannst du dir denken, warum?«
Einbildung. Spinnerei. »Der ist eben ein besonderer Typ. Mein Fall wäre er nicht. Aber es gibt ja 'ne Menge Mädchen, die ihm nachlaufen.«
Nachlaufen? Nie! Sie war froh, wenn er ihr nicht begegnete. Wirklich.
»Du, er sagt ‚Grasaff' zu mir, ganz heimlich, wenn er an mir vorbeikommt. Wie findest du das?«
Mies natürlich und spinnert. Sandra war empört. »Also, wenn du willst, bleibe ich immer in deiner Nähe. Im Bus, in der Schule – überall eben. Und wenn du es nicht kannst, gebe ich ihm Kontra.«
Einverstanden?

Nein. »Ich kann mich allein wehren. Laß den nur kommen.«
Glaubte Sandra nicht. »Du bist dann ganz still und hast gläserne Augen.«
Nein.
Dann nicht, liebe Tante.
Sie machten kehrt, mitten im Dorf. Wanderten schweigend zurück zur Stadt. Kein Ton mehr davon, Mischas Haus suchen zu wollen. Daß der bei seiner Tante lebte, wen interessierte das schon?
War trotzdem nett gewesen. »Machen wir mal wieder.«
»Ja. Okay.«

Kurz vor Weihnachten bereiteten ihnen Mamas Augen wieder große Sorgen.
Elsa merkte es zuerst. Daß Mama still und traurig in der Wohnung herumwuselte. Daß sie sich tief über die Kochtöpfe beugen mußte, um zu sehen, ob es darin schon kochte. Daß sie über den Eimer oder Staubsauger stolperte oder über eine umgeschlagene Teppichecke.
An manchen Tagen blieb sie im Bett liegen. »Willst du lesen, Mama? Ich hole dir das Buch, das seit Wochen auf deinem Nähtisch liegt. Ich suche deine Brille.«
Nein, danke. Sie wollte nicht.
Vater war auch bedrückt und kam öfter als gewohnt aus seinem Dienstzimmer nach oben. Er saß neben ihrem Bett und las aus der Zeitung vor. Alles war so anders, irgendwie erschreckend anders. Hatte der Augenarzt ihnen nicht versichert, daß alles in Ordnung sei? Daniel und Beate rätselten. Papa schwieg. Es wäre schrecklich, wenn . . . Ach, sie wollten es nicht zu Ende denken.
Endlich, am Freitag vor dem vierten Advent, erklärte er es ihnen: Mutters Netzhaut ist gefährdet. Ein kleiner Riß. Eine weitere Untersuchung wird es erweisen.
Kann man es heilen?

»O ja, wenn wir Glück haben. Mit Laserstrahlen oder mit einer Naht. Es gibt verschiedene Methoden.«
Sie wollten an jede Methode glauben. Denn was sollte sonst werden? Mutter, der Motor der Familie! Nicht mehr die weißen und die schwarzen Tasten auf dem Klavier erkennen? Nicht mehr ihre Gesichter? Kein rascher Schritt mehr in der Wohnung und erst recht nicht beim Spazierengehen oder bei Besorgungen. Alles vorbei?
Kann man sich daran gewöhnen, an das Nicht-mehr-deutlich-Sehen? Kann man die Angst vor dem Schlimmsten, dem Blindwerden, verdrängen?
»Sag so was nicht, Beate. Sie hat ja uns. Und Papa. Wir ersetzen ihr . . .«
Plötzlich kamen ihm die Tränen. Beate war so sprachlos, daß sie selbst zu weinen anfing. Mitten in Daniels Zimmer hielten sie sich umfangen und schluchzten. Die Welle des Kummers und des Mitleidens umfing sie. Gleichzeitig kam es ihnen vor, als befreie sie sie von aller Furcht, die jeder für sich allein getragen hatte. »Gemeinsam«, flüsterte Beate, »gemeinsam wird es besser gehen. Papa, Elsa, wir beide! Das hilft ihr. Du wirst sehen.«
Später stand sie am Fenster – kein Schimmer am Himmel. Grau, düster, öde. Es sind die Krähen. Unglücksvögel . . .
Sie schlief schlecht, ob der Mond ins Zimmer schien oder nicht. Unter der Bettdecke faltete sie die Hände: Sei gut zu uns. Lieber Gott, gib, daß sie wieder sehen kann. Ich will es dir immer danken.
Sie stellte ihr kleines Transistorgerät auf die Bettdecke und drehte daran. Nichts. Gerede, schrille Musik und wieder Gequatsche. Radio ist Mist. Nie bekommt man das, was man will. Wonach einem ist. Genau wie im Fernsehen. Fertige Konserven, und dann: Friß!
Plötzlich, ganz unverhofft, eine männliche Stimme in österreichischem Dialekt. Oder war es bayerisch? Egal. Ein Text,

verschmolzen mit einer Melodie. Ein Lied von einem schwarzen Vogel, der auf dem Fensterbrett sitzt: Komm, schwarzer Vogel, komm! sagt der junge Mann. Er lockt ihn ins Zimmer. Komm, hol mich, schwarzer Vogel. Bis in den Himmel! Weg von hier.

Ach, wie gern wäre Beate auch weg von hier. Sie dachte es zum ersten Mal ernsthaft und wollte es auch. Wenn das mit Mama so schlimm käme, wollte sie weg. Alles würde sich ändern. Nie mehr könnte sie froh sein. Warum wurde das Leben so schwierig? Warum kam so viel dazwischen? War das das Leben? Und hatten sie und Daniel es bisher noch gar nicht kennengelernt? Immer froh, immer beschützt?

Wann hatte es eigentlich begonnen? Wann waren die ersten Zweifel gekommen? Schon damals auf dem Friedhof oder bei Herrn Möller? Bestimmt nicht. Er hatte ihnen zwar leid getan, aber sie konnten es bald vergessen. Nur das Lied war übriggeblieben. Ein hübsches Lied. Eine angenehme Erinnerung. Wann also?

Sie grübelte. Alles war immer gut ausgegangen, aber irgendwie war jedes Mal eine gewisse Angst und Sorge in ihr hängengeblieben. Tief in ihr hatte sich Angst verschanzt. Ein winziger, unsichtbarer Feind, der hartnäckig schien. Nie hatte sie ihn ganz abschütteln können. Und dazwischen immer deutlicher der undurchsichtige Mischa.

Sie überlegte: Wann war sie das letzte Mal wirklich glücklich gewesen? Als sie die Torte gewann? Als sie von Dani gerettet worden war und stolz war auf seinen Mut? Oder als sie mit der Mutter am runden Tisch saßen und bastelten? Diese wunderbaren Collagen, diese fantastischen Bilder aus Deckfarben, bunten Perlen und Maiskörnern, kleinen Federn, die sie irgendwo fanden, oder Stückchen von Tüll oder Seide, die sie aufklebten, vergoldete Brombeerblätter und winzige bronzierte Steine. Ein Stück ausgeschnittene Sahnetube und ein Schnabel aus Silberpapier.

Beate hatte damals einen Glücksvogel erfunden. Ein schillerndes Gebilde. Ein vorüberwehendes kleines Wunder. Mama, immer wieder Mama, die sie zu solchen Dingen anregte und selbst am eifrigsten dabei war. Ihre Blumenwiese mit Schmetterlingen darüber war das schönste Bild, Daniels Raumschiff das ordentlichste und Beates das fantasiereichste. Sie hängten alle drei über das Klavier, und wenn die Sonne darauffiel, flimmerten und gleißten sie.

Erinnerungen. Helle, warme, heitere.

Sie war so jung, so gerne fröhlich. Fort, ihr düsteren Gedanken! Woher kommt ihr? Warum sucht ihr unser Haus heim? Wer gönnt es uns nicht, unser Glück?

Krah – krah – krah.

Morgen wollte sie eine Vogelscheuche in den Birnbaum hängen und eine an die Scheunentüre. Solche Dinger gab es zu kaufen. Sie bewegten sich bei der kleinsten Luftbewegung. Schwarze Vögel! Fort! Auf Nimmerwiedersehen!

Wie jeden Abend, wenn der Schlaf nicht kommen wollte, schlich sie sich in Daniels Zimmer. War er noch wach?

Nein, er schlief. Er lag auf dem Rücken, die Hände zu Fäusten geballt. War es seine Art, sich gegen schlimme Gedanken zu wehren? Was war seine Art? Er war ja nicht nur zu wenig mutig und entschlossen. Er war nicht nur »zögerich« und verschlossen.

Während sie ihn betrachtete, dachte sie: Ich kann es auch anders sagen. Er ist bedächtig und überlegt. Er ist vorsichtig und ein stilles, tiefes Wasser.

Was für eine verrückte Idee, ihn ändern zu wollen. Hat er je versucht, mich zu ändern? Er hat eine wunderbare Eigenschaft: Er ist zuverlässig.

Ihr Bruder, zwei Jahre jünger als sie. Hatten sie nicht wirklich die Rollen getauscht? War er der Ältere, Besonnenere? Und wer war dann sie? In der nächtlichen Ferne das Kreischen eines bremsenden Autos. Dann Stille und endlich Schlaf.

Sandra wartete schon: »Noch fünf Minuten. Mensch, mach schon! Daniel ist längst durch.«
Beate sah sie schief an: »Wieso interessierst du dich für meinen Bruder?«
»Warum nicht? Schließlich geht er in meine Klasse.«
»Mit dem läuft nichts, du. Der ist so ziemlich gegen alles Weibliche. Außer gegen mich.«
Trotz ihrer Eile blieb Sandra stehen. »Was? Gegen alle?«
Außer gegen seine Schwester natürlich. Das sollte sie mal ruhig zur Kenntnis nehmen. Schrecklich, wenn der sich plötzlich in die Sandra verliebte. Beate wußte nicht, wie sie das überstehen würde. Sie rannten weiter. Sie hatten den gleichen kräftigen Schritt, sehr ähnliche Bewegungen. Angenehm an Sandra war, daß sie immer ihre feste Meinung hatte und sie auch vertrat. Sie war aber auch bereit, zurückzustekken. Sie interessierte sich für Jungen und Mädchen gerade so viel, daß sie zu den nettesten Partys eingeladen wurde. Sie lief keinem nach. Ein prima Kumpel, genau das Mädchen, das man brauchte, um nicht isoliert dazustehen.
Sie quetschten sich hinten in den Schulbus, der sofort abfuhr.
»Immer dieselben«, motzten ein paar Mädchen.
»Es ist also alles in Ordnung? Seit wann ist sie wieder da?«
Sandra sprach leise, und Beate flüsterte zurück »Seit vorgestern. Du, ich bin der glücklichste Mensch von der Welt. Sie haben es geschafft. Mit Laserstrahlen, keine Narben. Sie sieht wieder fast so gut wie früher.«
»'ne neue Brille?«
»Ja, eine todschicke. Blendungsfrei. Lausig teuer. Aber ist ja egal. Ich könnte die ganze Welt umarmen.«
Sandra nickte. Beate war wie verwandelt. Glücklich. War schlimm gewesen in den letzten vier Wochen, was? Na, nun hatte sie's hinter sich.

»Ich mag deine Mutter sehr«, sagte Sandra.
Beate erwiderte: »Ich deine auch.«
»Wenn meine ‚okay' sagt, dann ist es okay. Und unseren Vater nennt sie ‚Boß'. Auch gut, wie?«
Sehr gut. Sie hatten die richtigen Mütter.
Es war angenehm, im Bus gemütlich durch die Gegend zu schaukeln. Man konnte dösen. Das Wesentliche war gesagt. Sie waren beide keine Schnattergänse. Manche Jungen spielten während der Fahrt Schafkopf – ein hirnrissiges Spiel. Wie konnte man! Stumpfsinn. Einfach schade für die Zeit! Na ja – die!
Ganz vorn saßen sonst immer Marietta und ihr derzeitiger Freund. Aber komisch – seit ein paar Wochen war sie solo. Sie ging allein, und es sah so aus, als wollte sie keine Begleitung.
Ihre Sache.
Vor dem Schulhaus spuckte der Bus seine eiligen Fahrgäste aus. Derselbe Lärm, dieselben Schubser. Dieselben lauten und grellen Stimmen. Ein kalter, glasiger Morgen.
Ein trüber Februarhimmel. Ein feuchtes Wetter, das auf die Stimmung drückte.
Wie an jedem Tag segelten Sandra und Beate jede in ihre Klasse, warfen ihre Tasche auf die Schultische, packten Hefte, Lineal und Kugelschreiber aus.
Leises Schwatzen oder Krach. Das richtete sich nach dem Lehrer, den sie erwarteten. Die kameradschaftlichen mochten sie, aber auch nur dann, wenn es kein Getue war. Sie hatten ein feines Gefühl dafür. Beate hatte keinen Lieblingslehrer. Sie kam mit allen zurecht. Beate Sievert? Eine gute Schülerin. Keine Klagen.
Marietta schwänzte. Sie tat das öfters. Wenn sie keine Lust hatte oder eine Klassenarbeit auf dem Plan stand. Sie schrieb sich ihre Entschuldigungen selbst. Haarscharf richtig. Noch niemand war stutzig geworden.

Wo blieb sie heute? Sie hatte Ärger mit ihren Tagen, und ihr Zuhause war auch nicht fugenlos. Beate empfand ihr gegenüber beinahe mütterliche Gefühle. Diese Herumzieherei mit Jungen jeden Kalibers. Diese halbverschleierten Augen. »Schlafzimmeraugen« nannten sie es. Der stets etwas dümmlich geöffnete volle Mund. Fast wie auf einem der Bilder von Renoir, von denen Marietta natürlich keine Ahnung hatte. Süß und raffiniert – das war sie. Nimm dich in acht, Marietta! Es kann leicht mal was schiefgehen mit deiner leichtsinnigen Lebensauffassung.

Aber das kapierst du nicht, Marietta, was? Irgendwann muß ich mal ernsthaft mit dir reden, du.

In der großen Pause wurden sie in den Hof, in die feuchte Kälte gejagt. Wie alle Tage. Verstecken in der Toilette, im Kartenzimmer oder in der Garderobe waren zu alte Tricks. Lustlos schlenderten die Mädchen und Jungen auf dem Schulhof herum oder standen zusammen, Hände in den Hosentaschen. Endlich die Pausenglocke und zurück ins Warme.

Sie hatten jetzt Musikunterricht, eine Blockstunde.

Dann war Schluß für heute.

Der Musiklehrer war beliebt – ein nicht zu Ruhm oder Ansehen gelangter Pianist. Er spielte ihnen gern einige Stücke aus seinem verblichenen Repertoire vor. Was wollten sie heute hören? Beate meldete sich zuerst: »Mendelssohn. Lieder ohne Worte. Meine Mutter spielt sie auch, und ich . . .«, sie sah sich in ihrer Klasse um, ob jemand grinste, »und ich begleite sie auf meiner Gitarre.«

Der Lehrer saß schon am Klavier und blickte sie erstaunt an: »Noch nie hast du mir davon erzählt. Daß du Mendelssohn spielst, meine ich. Ist ein schwieriges Unternehmen. Willst du mich jetzt auch einmal . . .«

Nein, nein. »Ich kann es nur mit meiner Mutter.«

Die Klasse lachte. Mutterkind, was?

Sie wurde rot und unsicher: »Es ist nur, weil ich aus der Übung bin. Mama war ja eine Zeitlang in der Klinik, und . . . ich hatte . . . ich wollte. Ich werde es wieder mit ihr üben.«
Der Lehrer beobachtete sie. Er mochte das Mädchen. Sie verband Intelligenz mit einem vernünftigen Maß an Ehrgeiz und war stets fröhlich und offen. Was hatte sich geändert? Seit wann gab sie sich gehemmt? Kompliziert? Vierzehn oder fünfzehn Jahre alt. Da werden sie anders, die Mädchen. Schnell ändern sie sich, schlagen eine unerwartete Richtung ein. Auf eine unerwartete Weise. Nun also auch Beate.
»Welche Lieder soll ich dir spielen?«
»Bitte Nummer fünf und Nummer acht.«
Kein Gegenvorschlag?
Doch: »Heinzelmännchens Wachtparade oder Flohwalzer.«
Udo rief es aus der hintersten Bank. Frech und quäkig.
Sie blickte ihn kühl an: »Du kannst ja kaum die Tonleiter. Also halt deinen Rand.«
Ruhe jetzt.

Auf dem Weg zum Bahnhof kam ihr der Udo nachgerannt. Der mickrige Kerl mit seiner blöden Bürstenfrisur. Sie haßte solche Typen. Er kam näher. Zu dumm, daß Sandra Wahlfachzeichnen hatte. Udo kam näher und näher. Er trat ihr mit Absicht auf die Hacken. Einmal, zweimal. Genau einmal zuviel. Sie drehte sich blitzschnell um und zog ihn an seinen abstehenden Ohren: »Affe! Zisch ab!« Sie war nicht eigentlich wütend, eher amüsiert.
Aber Udo zischte nicht ab, er blieb dicht hinter ihr. Es irritierte sie, und deshalb blieb sie stehen. Er war jetzt ganz nahe. Gemein nahe. Gemein dicht. Gegen eine handfeste Rangelei hätte sie nichts einzuwenden gehabt. Den Udo legte sie mit ihrem Spezialgriff glatt um. Sie war gewandt und geübt durch ihren Bruder, dessen Kraft sie durch Geschicklichkeit ersetzte. Sie rauften gern. Aus Spaß.

»Komm her«, sagte sie ganz ruhig, nur um ihn unsicher zu machen.
»Bin schon da.« Sie spürte seinen üblen Atem und gleichzeitig, daß er an ihrem Rock zerrte. Er verkrallte sich in den weiten Saum, und sie bereute es, heute nicht ihre Jeans angezogen zu haben, wie Elsa dringend empfohlen hatte. Ohne Zweifel: er versuchte, den Rock hochzuheben. Wie ein lästiges Tier mit Fangarmen probierte er, mit der einen Hand darunter zu gelangen und ihre Beine zu packen und noch höher. Es war unmöglich, ihn abzuschütteln. Vor Wut und aus Scham wurde ihr jetzt ganz heiß. Fast wehrlos machte sie eine rasche Halbdrehung. Er ließ nicht ab und lachte hämisch: »Dir geb' ich's.«
Leute hatten sich angesammelt. Sie bildeten einen Kreis. Sie lachten und genossen das seltene Schauspiel. Ein junger Mann rief: »So ist's recht! Gib's ihr!« Niemand half ihr. Sie mußte den Udo loswerden oder ihn hinter sich herziehen. Aber wie? Mit einem Ruck bückte sie sich und biß ihn in die Hand, die den Saum ihres Rockes festhielt. Er ließ sofort los. Nun, mit dem einen freien Bein, stieß Beate ihn in den Bauch. Er war widerlich weich, wie Schaumgummi. Udo fiel wie ein Sack in sich zusammen und blieb liegen.
»Da sieht man ja, wie es die heutige Jugend treibt und wie die Mädchen auf die Jungen losgehen.«
Es schnatterte und krakeelte durcheinander. Verständnislos schaute Beate die Leute an. Warum waren sie alle gegen sie? Udo hatte doch angegriffen und sie sich nur gewehrt. Sie mußten es genau gesehen habe. Waren sie gemein oder gleichgültig? Ungerecht, weil es ihnen so gefiel? Parteiisch aus Langeweile oder weil sie gar nichts dachten?
Was für ein Mischmasch, diese Leute! Was für ein mieser Mischmasch.
»Los, heb ihn auf«, kreischte eine Frau, »du hast ihn umgeworfen. Dir gehört der Hintern versohlt. So was!«

Aufheben, den Udo? Nie. Dann hörte sie »Krankenwagen« und »Arzt«. Erschrocken bückte sie sich, zerrte den Jungen hoch. Er hing wie Blei in ihrem Arm. Wieder hatte sie gegen den Ekel anzukämpfen. Aber Udo stand nun wenigstens. Gleichzeitig teilte sich die Menge und verlief sich.
Beate rannte. Es ging bergab. Die schwere Schulmappe zog sie nach vorn, sie stürzte, kam hoch und lief durch die Bahnunterführung zum zweiten Gleis. Hinein in den ersten besten Waggon. Er war halbleer. Sie warf sich auf eine Bank und wischte mit dem Handrücken den Schweiß von der Stirn. Jetzt erst merkte sie, daß sie ihre Wollmütze verloren hatte. Sie war auf der Strecke geblieben, so wie sie beinahe selbst. Ihr wurde schwarz vor den Augen, und sie versuchte, leiser zu atmen.
Was war in ihn gefahren, in den Udo, den Kümmerling der Klasse? Sie sah ihn trotz der geschlossenen Augen vor sich: seine glitzernden Äuglein, das hämische Gesicht. Sie hörte sein Schnaufen, spürte seinen zerrenden Griff.
Seine Hand war kalt und feucht gewesen.
Endlich fuhr der Zug ab. Ein letzter Schüler sprang auf, und als Beate die Augen öffnete, sah sie sich Mischa gegenüber. Ohne sie zu beachten, ja selbst ohne sie scheinbar wahrzunehmen, zog er ein Buch aus der Tasche und vertiefte sich darin. Sie las den Titel auf dem Umschlag: »Das Böse im Menschen«.
Das konnte doch nicht wahr sein: Sie saß hier, las das und hatte es soeben selbst erlebt. Was für ein Zufall. Das Böse im Menschen. Das Böse.
Mischa sah plötzlich auf: »Du bist ja ganz außer Puste. Hattet ihr Sport?« Seine Stimme war freundlich-gleichgültig. Wenn er jetzt »Grasaff« zu mir sagt, schlage ich ihm ins Gesicht. Aber er las. Seite für Seite.
Hochinteressant, was? Ich könnte dir dazu 'ne Menge sagen.
In Hofbergen stieg er als erster aus. Sie wartete eine Weile

auf dem Bahnsteig, bis er sein Moped aus dem Schuppen geholt hatte. Sie sah ihm nach. Kerzengerade saß er auf dem Sattel und schnurrte davon. Kein Blick rechts oder links.
Sie war ihm dankbar. Er hatte sie in Ruhe gelassen.
Diesmal war er vernünftig gewesen. Mehr konnte sie von ihm nicht verlangen.

Clara

Es ist nicht wahr, daß es im Februar meist fünf warme Sonnentage gibt.
Es ist nicht wahr, daß sich dann schon die Sonne um die nördliche Halbkugel kümmert.
In diesem Februar kam sie jedenfalls nur kurz zu Besuch, wie eine vielbeschäftigte Dame, die nie Zeit hat. Ab und zu spitzte sie ein paar Sekunden durch die Wolkenkissen: Achtung! Ich lebe noch.
Wenn auch Beate und Daniel an jedes Wetter gewöhnt waren, so hatten sie jetzt den Winter einfach gründlich satt. Sie krochen am liebsten »unter Mutters Rock«, wie Papa, natürlich ironisch, sagte. Aber war das so sonderbar? Sie hatten sie nun endlich wieder und mit tadellos geheilten Augen. Ein Wunder. Ein Glück. Ein Geschenk.
Zuhause war es schön.
Mit der Mutter war es wieder wie früher. Sie kramten in alten Sachen. Eine neu erwachte Leidenschaft aus Kindertagen. Der Knopfkasten war das interessanteste Objekt. Er war aus Holz und mit eingelegten Mustern geschmückt. Das war einstmals modern. Er besaß ein vertracktes Schnappschloß, das sie früher ohne Mutters Hilfe nicht öffnen konnte. Später probierte Beate es selbst so oft, bis es kaputtging. Schade! Aber machte nix. Daniel hatte die vorsichtigeren Hände. Sie waren kurz und kräftig, konnten jedoch unheimlich sanft zufassen.

Es genügte ihm, die hübschen kleinen Dinge einen Augenblick zwischen seinen Fingern zu fühlen, bevor er sie wieder einordnete.
Beate war hastig, gierig sogar. Sie wühlte. Sie wollte es wissen, alles das, was von früher noch daran hing. Wann war es modern? So viele Knöpfe? Und es gab noch keinen Reißverschluß, damals?

Eine Million Knöpfe! Das hatten sie als kleine Kinder geglaubt, und heute lachten sie darüber.
Der Porzellanknopf mit den Streublümchen, ein »echter Meißner« und handgemalt, war ein Einzelstück. Jedesmal entzündete Beates Fantasie sich neu an ihm. Wen hat er geschmückt? Was für ein Kleid? Aus Samt und Seide? War er vielleicht der letzte Überlebende einer ganzen kostbaren Reihe? Der letzte seiner Art?
Die dicken, handgeschnitzten Hornknöpfe, unebenmäßig und buckelig, hatten Großvaters grüne Joppe in eine Jägerjacke verwandelt. Warum hatte er seine Jagd eines Tages verkauft? »Mama, erinnere dich bitte!? Irgendetwas Schlimmes war passiert? Was denn? Ach, Mama, warum weißt du das nicht?« Ein Jammer!
Besonders hübsch waren die Perlknöpfchen. Auf sie war Beate wirklich scharf. Sie schimmerten hellrosa und spielten ins Silberne hinüber. Verführerisch.
»Ich hätte sie so gern für ein Partykleid, Mama, das auf den Schultern zugeknöpft wird. Klasse altmodisch, und ganz auf Taille.«
Was für eine ausgefallene Idee! Trugen sie nicht alle lieber Hosen, die Mädchen, auf ihren Einladungen?
»Ich nicht. Beim Tanzen mag ich keine Hosen. Man sieht dann fast aus wie ein Junge.« War das der einzige Grund? Beate wurde rot und schwieg, spielte mit den Knöpfen.
»Manchmal hast du exotische Ideen.« Die Mutter lachte.

Am schönsten war es, wenn sie den Fächer aufschlug. Beate war es jetzt auch erlaubt. Sie stellte sich vor den Spiegel und schlug ihn auf und die Augen nieder.
So ähnlich mochte Mama es getan haben, als sie den Philipp Sievert wiedertraf. Eine zu schöne Geschichte! Sie konnten sie immer wieder hören: Papa mit der Rangliste und Clarissa mit dem versteckten Zehnmarkschein. Herr Albers hinter dem Ladentisch.
Ein seltsamer Zufall, was? Wenn sich die Eltern nun nicht dort wiedergesehen hätten? Wo wären sie dann, Beate und Daniel? Zufälle gibt's! Märchenhafte Zufälle.
»Vorsicht mit dem Fächer, Kind.« Ja, ja. Aber das allzu mürbe Bändchen riß durch, und die Einzelteile flogen auf den Boden. Machte nix. Oder? Alles sowieso mürbe und alt. Zerstörung, die von selbst beginnt. »Sei nicht traurig, Mama. Er war nicht teuer? Nein? Er schenkte ihn fast her für zehn Mark? Und hat das schon Papa bezahlt, oder noch du? Ich meine, wart ihr da schon zusammen, oder hattet ihr noch getrennte Kasse?«
Die Mutter lächelte: »Nein. Wir waren uns noch fremd, aber auch wieder nicht. Wir ahnten schon, daß . . .«
Beate nickte: »Man ahnt es, nicht wahr?«
Das schönste an dem Fächer war seine Bemalung. Blumen, Schmetterlinge. Dazwischen zierliche Widmungen. Mutter holte die Lupe und buchstabierte. Es war deutsche Schrift, sehr spitz und fein. Haardünn.
Also, Mama, bitte, lies schon. Was steht drauf?

»Natur gab uns Verstand, um recht zu denken.
Um recht zu handeln gab sie uns das Herz.«
Leipzig, 5. April 1902 *Deine Marie Laue*

Und was noch?

»Der Mensch erkennt sich nur im Menschen.
Nur das Leben lehret jeden, was er sei.«
16. Mai 1903 *Paula Menke*

Hm. Schwer zu verstehen. Viel zu philosophisch. Furchtbar ernst. »Wir schreiben so etwas nicht. Die hielten einen glatt für total übergeschnappt. Aber es ist hübsch, weil es schon lange her ist, nicht wahr?«

Der letzte Spruch, den sie entzifferten, war der schönste:

> *»Den Wert eines Menschen erkennt man am besten*
> *an der Liebe, die er ausstrahlt.«*

»Den schreibe ich mir ab. Der kommt ins nächste Poesiealbum. Die werden staunen.«

Sie saßen sehr nahe nebeneinander, Mutter und Tochter. So vertraut, wie man nur sein kann, wenn man beinahe jede Bewegung und Empfindung des anderen kennt. Wenn man ohne Vorbehalte ist. Keine Zweifel. Eng vertraut.

»Ich wüßte gern, wie sie ausgesehen haben, alle diese Mädchen, die so ernste Sprüche kritzelten. Ob sie klug waren. Und glücklich. Ob sie einen Freund hatten. Hatte man damals schon einen? Ich wüßte so gern alles.«

»Was: alles?«

»Alles eben, Mama. Ihre Eltern, ihre Geschwister. Das Haus und den Garten. Ihre Freundinnen. Ihre Kleider. Ob sie gern lebten und lachten. Ob sie bunte Sträuße pflückten und was sie sangen. Damals.«

Ja, damals. Alles anders. Ganz anders und dadurch unheimlich spannend.

Die Mutter lächelte und betrachtete ihre Tochter von der Seite: ihr schönes blondes Haar, das immer ein bißchen wirr war, gar nicht oder nur flüchtig zusammengebunden. Das nicht mehr ganz so runde, nicht mehr ganz kindliche Gesicht. Der Blick hell und klar, aber doch schon fragend. Nicht mehr nur neugierig, unruhig eher. Als fürchte sie, etwas sehr Wichtiges zu verpassen. Kein Kind mehr und doch noch nicht ein junges Mädchen . . .

Ich kann deine Gedanken lesen, Mama, aber ich verrate es dir nicht. Du möchtest in mich hineinsehen, nicht wahr? Ich ge-

statte es dir nicht. Du könntest den Dorn finden. Den Dorn, der mir weh tut und den ich doch nicht missen möchte. Es ist unerklärbar. Ich behalte es für mich. Glaube du nur ruhig, daß ich immer noch glücklich bin. Deine Tochter, die glückliche Natur. Du weißt es schon, Mama. Wie es ist, das »alles«, was man sich vom Leben wünscht, nicht wahr? Du hast Papa und uns Kinder. Du bist mitten drin. Dein Leben ist eingerichtet. Nun, wo alles wieder gut ist . . .
»So nachdenklich, Kind?«
Beate holte sich aus ihren Gedanken zurück in das Hier und Jetzt. Sie lehnte sich an ihre Mutter.
»Ich möchte, daß es so bleibt. Ich bin froh, daß ich lebe. Daß ich bei euch bin. Daß niemand mich stört, das wünsche ich mir. Ist es das? Mama, ist es das Glücklichsein? Oder?«

Genug in den alten Sachen gekramt. Genug geredet vom Glücklichsein. Sie räumten die Sachen und Sächelchen zurück in die Kästen. Der Fächer gehörte, seit er sich aufzulösen begann, in das eine längliche Schreibtischfach. Aber der Schlüssel klemmte. Die Mutter zog und rüttelte am Schloß.
Wie es gekommen war, konnten sie später nicht erklären: Das Bild darüber, die alte, gerahmte Fotografie von Ururgroßtante Clara, schwang ein bißchen hin und her und fiel dann pfeilgerade an der Wand entlang nach unten. Es krachte gehörig. Es splitterte und knirschte.
Beate legte sich auf den Bauch und schielte unter den Sekretär. Stück für Stück, Splitter für Splitter angelte sie hervor. »Kaputt. Alles kaputt. Der Rahmen auch. Macht nix. Das kriegen wir wieder hin. Papa und Daniel. Mit Geduld.«
Clara war abgestürzt! Nach so vielen Jahren der Ruhe, in denen sie von ihrem erhöhten Platz ins Zimmer geäugt hatte, ein wenig neugierig, ein wenig kritisch, ein wenig gelangweilt, war sie auf einmal aus dem Rahmen gefallen. Eigentlich lustig. Plötzlich so nahe. Frisch eingetroffen, Clara! Die

vornehme Bürgerstochter gab sich die Ehre. Grüß dich, Clara! Schön bist du gerade nicht, aber fein. Trotzdem, alle Achtung, du hast den Sprung gewagt.

Daniel war es, der den zusammengefalteten, vergilbten Zettel entdeckte. Zu dritt standen sie über den Tisch gebeugt, und die Mutter las vor:

Dieses ist meine Tochter Clara Schütze, welche von einem Künstler abphotographiert worden ist. Allhier zu Düben, siebzehn Jahre alt.

Selbiges Bild wurde zurückerstattet von ihrem einstigen Verlobten am 18. Octobris 1877. Allen Nachkommenden zur Mahnung und zur Erinnerung an ihr edles Herz, das so grausam getäuscht wurde.

Gegeben den 30. Novembris
desselbigen.

Jakob Schütze, Vater. Bürgermeister und Seilermeister allhier zu Düben.

Sie standen schweigend.

»Das habe ich nicht gewußt«, sagte die Mutter leise und nachdenklich. »In unserer Familie hieß sie nur immer ‚Clara, die Glückliche'.«

Behutsam legte Beate die Stücke des zerbrochenen Rahmens auf den Tisch um das ovale Bild. Es war einfach, denn es fehlte kein einziger Splitter. Am Ende war Clara wieder vom dem breiten, gerillten Ebenholzrahmen umfaßt.

Elsa kam mit Besen und Schaufel. Auch sie beugte sich über das Bild und schüttelte den Kopf: »Nun hat's dich also erwischt. Arme Clara!«

Unzählige Scherben, weitverstreut. Unglaublich, wohin die überall gespritzt waren! Sie bückten sich alle und sammelten sie auf.

»Sie heißen nach ihr, nicht wahr, Frau Sievert? Clara – Clarissa? Oder?«

Möglich. So gewiß war es nicht. »Sie war ja nur meine Urgroßtante. Sie hat mich nie sonderlich interessiert.
Wir wissen nicht einmal, wann sie starb und woran.«
Warum hing sie dann seit Ewigkeiten in den Zimmern der folgenden Generationen?
Daniels Frage war logisch. Eine beinahe Vergessene, mehr noch, eine Unbekannte, wurde stur »die Glückliche« genannt. Niemand fragte nach dem Grund. Irgendetwas Besonderes mußte mit ihr losgewesen sein! Vielleicht.
»Laßt mich nachdenken. Clara war jedenfalls, das weiß ich genau, die Schwester meiner Urgroßmutter Marie Schütze, verheiratete Uhlig, ein paar Jahre jünger als Clara. Sie starb im Kindbett. Ihr letztes Kind, ein Mädchen, hieß Emmy und wurde meine Großmutter.«
Die Mutter bekam vor lauter Nachdenken rote Backen.
Dann hatte also diese Emmy ihre Mutter nie gesehen?
»Nein. Natürlich nicht. Sie wuchs mit ihren Geschwistern auf, denn in früherer Zeit gab es immer genügend Hilfskräfte im Haus: Köchinnen, Stubenmädchen, Kindermädchen. Diese Emmy heiratete später sehr glücklich, und ihre erste Tochter Luise wurde meine Mutter. Eure Großmama. Ihr entsinnt euch, daß sie aus ihrem schönen Leipziger Garten die herrlichen Boskops schickte, jeden einzeln verpackt?«
Ja. Natürlich. Arme Großmama, die sie kaum gekannt hatten. Nur zu Besuch war sie ein-, zweimal gekommen. Lieb und gut und unvergessen. Aber wie war das nun genau mit dieser Clara? Man mußte zurückrechnen.
Papa kam mit einem Ahnenpaß, den ihm sein Großvater vererbt hatte. Aber was nützte er im Hinblick auf Ururgroßtante Clara? Nichts. Denn sie entstammte ja der mütterlichen Linie. Ach so. Natürlich.
Im übrigen meinte der Vater, daß das Bildnis eine echte Rarität sei. Eine der ersten Fotografien überhaupt, oder sogar eine Daguerreotypie, wie man die ersten Fotos nannte und wovon

es immer nur einen einzigen Abzug gab. »Sie ist auch mit Kreide erhöht. Seht ihr, wie die Seide glänzend gemacht wurde. Und das Schultertuch? So ein Bild ist heute kaum mehr zu bezahlen.«

Nein. Sie hatten aber eins. Wenn sie auch nicht wußten, was eigentlich »dahintersteckte«.

Daniel war es, der ihnen nach dem Abendessen eine kurze Aufstellung der weibliche Ahnenreihe vorlegte. So etwas auszutüfteln war seine Stärke. Prima, Daniel. So war er eben: verläßlich und genau.

Auf dem Zettel stand:

Ururgroßtante Clara, geb. 1859 (1876 = 17 Jahre alt). 1877 verlassen (treulos!).

Ururgroßmutter Marie, geb. 1864, gest. 1896.

Urgroßmutter Emmy, geb. 1896, gest. ?

Großmutter Luise, geb. 1915, gest. 1974.

Mama Clarissa: bekannt!!

Toll. Woher hatte er das?

Ausgerechnet. Ganz einfach rückwärts.

Sie wußten nun schon mehr, aber nichts über Claras weiteres Schicksal. War sie hart enttäuscht? Das konnte ein ganzer Roman sein.

»Wir könnten . . .«

Nein. »Beate, lassen wir sie lieber wieder in ihren hundertjährigen Schlaf fallen.«

Mama! Jetzt, wo es erst richtig spannend wird! »Jetzt, wo ich so richtig neugierig geworden bin.« Beate war bitter enttäuscht. Claras Schicksal! Mensch! Erst genannt »die Glückliche«, und dann hinabgestürzt ins Unglück. Schrecklich. Wahnsinnig traurig.

»Stell dir das mal vor, Mama, wenn Papa dich verlassen hätte, ehe ihr verheiratet wart. Du hättest schön geheult, was?«

»Er hat sie aber nicht verlassen. Er war froh, daß er sie kriegte. Nicht wahr, Papa?«

»Schluß jetzt damit. So ein Aufruhr. Um nichts.«
»Doch. Um Clara.«
Schluß, sagten die Eltern.
Widerwillig ging Beate aus dem Zimmer. Die Mutter sah ihr nach. Wie sie gewachsen war. Und ein bißchen widerspenstig geworden. Fünfzehn! Ein verflixtes Alter. Sie selbst war damals Philipp, dem Verehrer ihrer Schwester, nachgelaufen. Auch ein ziemlich verrücktes Unterfangen.
»Ich komm noch mal zu dir«, rief Clarissa ihrer Tochter nach. »Beeil dich im Bad!«
Au fein. »Dann warte ich mit dem Beten.«
Aber später, in der Nacht, aufgescheucht durch einen Traum oder zu nahes Hundegebell, dachte Beate: Irgendetwas ist ihr geschehen, der Clara. Ich gäbe was drum, wenn ich es wüßte. Was für ein Schuft! Der sie verlassen hatte. Verschmäht. Ein Sturz in die Tiefe. Von der höchsten Höhe des Glücks ins tiefste Tal. Mensch – das muß ich rausbekommen. Da stimmt was nicht.

Das Schneehaus

»Ja, so was gibt's. Auf dem Land sagen sie: Die oder die ist in einer Glückshaube geboren und . . .«
»Stop, Elsa. Glückshaube? Was ist denn das?« Beate hielt die Schüssel, die sie abtrocknen wollte, hoch in der Hand. Sie schaukelte dabei auf dem Küchenhocker.
»Das is', wenn ein Neugeborenes noch die Haut um sich hat. Von der Geburt her. Die Hebamme muß die Haut sofort aufschneiden. Sonst erstickt es, das Kleine. Wenn's aber durchkommt und am Leben bleibt, wird das Kind immer Glück haben. Sein Leben lang. Kommt alle fünfzig Jahre mal vor, sagen die Leute.«
Was? Wirklich wahr? Kannte Elsa so ein »Glückskind«?

Elsa schälte unverdrossen weiter. »Nicht direkt.« Sie stellte den Topf mit den Kartoffeln auf den Herd und sah Beate von der Seite an. »Du bist doch eins, glaube ich.«
»Ich?«
Elsa hätte ebensogut gut sagen können: Du bist eine Fee. Oder eine Hexe.
Beate flog glatt vom Hocker. »Ich«? wiederholte sie und bekam einen ganz trockenen Mund.
»Nu' ja, die sagen doch, daß du ein Glückskind bist. Immer vorne dran. Eben unterm Glücksstern.«
»Ach das! Das ist nur eine Redensart von Papa. Der liebt solche Sprüche. Der meint das nicht so haarscharf.«
Wie Beate meinte. Bitte schön. Übrigens mußte Elsa jetzt die Wäsche vom Boden holen. »Denn deine Mutter ist schon oben und wartet.«
Der Hängeboden war hell und luftig, aber unter den Dachschrägen nistete der Staub. Dort standen sie noch immer, die ollen Gipsköpfe. Anfangs hatten Beate und Daniel ja versucht, sie zu reinigen. Hatten unverdrossen geschabt und gerubbelt. Aber nix: der Staub der Jahrzehnte hatte sich zu tief eingefressen. Sie wurden nicht weißer und schöner. Deshalb setzten sie ihnen Hüte auf, alte Faschingsdinger, und sie malten mit Mamas Lippenstift ihre Münder und Nasen rot an. Zum Schreien komisch.
Eine Menge Wäsche, wie jede Woche. Hemden, Hosen, Nachthemden, Schlafanzüge, Socken. Und was noch alles. Dort baumelten sie, total trocken. Richtig dürr. Ab damit. Jeden Freitag derselbe Zauber. Kriegten Mama und Elsa das nie satt? Himmel, war das langweilig. Waschen, aufhängen, abnehmen, bügeln, zusammenlegen, wegräumen. Aussortieren, waschen, aufhängen, abnehmen, bügeln, zusammenfalten, wegräumen. Waschen . . .
So was von geisttötend. Beate würde diese Pflichten niemals lieben, sogar am besten nie tun. Auch nicht für den allerge-

liebtesten Menschen. Nicht für Dani, nicht für Papa, nicht für Mama. Hier war die Grenze. Ich lasse mir die Zukunft nicht einfach gefallen. Ich werde mich wehren. Mich irgendwie dagegen wehren.
Gedankenlos legte Beate die Socken zusammen. Half die Tischdecken geradeziehen und falten.
Vorsicht, Beate, der Boden ist staubig! Ja, ja. Sie lugte viel lieber durch die Holzstäbe der abgeschlossenen Bodenkammer. Hier stand der große Schrankkoffer, ein Erbstück aus Urgroßmamas Zeiten, die damit und mit ihrer Familie in die Ferien gezogen war. Gereist, per Bahn natürlich. War jetzt vollkommen unmodern. Sie stopften heute neben die Handkoffer, die immer zu klein waren, eine Menge platzvoller Plastiktüten in den Kofferraum. Ging schneller. War praktischer. Aber dafür – alles im Auto.
Das Trumm, das Kofferungetüm. Immer war es abgeschlossen. Warum bloß? Was Verbotenes darin? Jedenfalls hütete Mama den verzahnten Schlüssel, der viel zu klein und zu fein schien für das Riesending. Ein- oder zweimal hatten sie hineinschauen dürfen, Daniel und Beate. Als Mama das Glanzpapier suchte und die Perlchen und Stoffreste für ihre Collagen. Flitterkram. Was barg das Ungeheuer noch? Liebesbriefe von Mama, an Mama, die nicht einmal der Vater lesen durfte? Von anderen jungen Männern, vor seiner Zeit?
Vielleicht enthielt der Koffer aber auch nur vertrocknete Sträuße mit schwachem Duft und tieferer Bedeutung? Alte Kleider und Herrenwesten in Rot oder Grau, und Muscheln und Seesterne. Auch Seepferdchen, schwarz und tot, aber liebevoll verpackt. Wenn sie doch bloß mal das Schlüsselchen . . .! Mama gab es nicht her. Punktum.

Punktum, und Beate ging keinesfalls auf Gilas Faschingsparty. Fest beschlossen.
Warum nicht?

»Weil es stinklangweilig ist.« Immer dieselben Mädchen, immer dieselben Typen, immer derselbe Quatsch. Spiele! Fingerhutverstecken! Eng tanzen! Und die Schmuserei. »Manche Mädchen lassen sich ganz schön abknutschen!«
Beate schaute ihren Vater empört an. So angewidert, als erzähle sie von menschenfressenden Haien oder vorsintflutlichen Lurchen.
Er lachte, wurde nicht einmal ironisch: »So ist das heute?«
Ja, so. Er hatte eben keine Ahnung, in welcher Gefahr seine einzige Tochter dauernd schwebte.
»Also, du willst wirklich nicht hin?«
Wie bitte? Hatte sie sich vielleicht nicht deutlich genug ausgedrückt?
Nun spielte Vater »streng«: »Angeklagte! Was haben Sie ernsthaft zu Ihrer Verteidigung vorzubringen?«
He, du! Sie kraulte ihn unterm Kinn, was er haßte: »Herr Richter! Weil die Jungen einen dauernd küssen wollen. Kaum ist man ein bißchen nett bis freundlich zu ihnen, haben sie einen beim Grips und versuchen's. Ich glaube, ich lerne noch Karate.«
»Stimmt das, Daniel, daß ihr so seid?«
»Dani doch nicht! Obwohl – die fangen heute schon mit zwölf oder dreizehn an. Ist natürlich Quatsch, weil die noch gar keine Gefühle haben. Wehe, Daniel!«
»Was für Gefühle?«
»Na solche. Marietta hat's mir mal klargemacht. Es wird einem schwindlig, sagt sie.«
Meine Güte! Aber nun: Fasching bei Gila – ja oder nein?
Jein. Erst mal sehen, wer alles kommt. Sonst war die Clique eigentlich ganz in Ordnung. Sandra, Gila natürlich, Synya, Uschi, na und ein paar Jungen. Also gut, sie ließ sich umstimmen, sie gab ihr Einverständnis.
Daniel schlug als Kostüm Raubritter oder Klettermaxe vor. »Paßt zu dir.«

Sie boxte ihn in den Bauch.
»Komm«, sagte die Mutter, »wir sehen mal auf dem Boden in dem Koffer nach.« Sie nahm das Schlüsselchen aus dem kleinen Schreibtischfach rechts. Beate beobachtete es genau.
Sie fanden den Schleier, den grünseidenen Unterrock, einen Petticoat von Tante Gudrun. Die kremfarbene Spitzenbluse und die goldenen Schühchen aus Mamas früherem Ballettunterricht. Auch den Kranz aus Rosen.
Nach Tagen des Probierens, des Absteckens, Heftens und Wiederauftrennens sah sie süß aus. Wie denn?
»Wie eine Fee.«
»Nein, wie ein Glückskind.« Elsa sagte es hingerissen.
Papa summte: »Warum hast du mich wachgeküßt?« und ging schnell aus dem Zimmer.
Sie selbst fand sich ziemlich kitschig. Aber Mamas Wille war ihr Himmelreich, und ab und zu mußte man es ihr gönnen. Machte nix.

Wider alles Erwarten war die Party ein Treffer. Nette Jungen, nette Mädchen. Petra ging zum Glück gleich wieder, weil Mischa nicht eingeladen war. Mistparty.
Die anderen fanden es sehr gut. Und auf einmal war es elf Uhr, und Beate mußte nach Hause. Wirklich? Schon? Ja, leider. Versprochen.
Gilas Vater wollte sie heimfahren. Aber warum? Die paar Schritte? Zwei Straßen weiter. Danke nein. Vielen Dank.
Der Himmel war voller Schnee, der eben begann, wie ein sanfter Segen herabzurieseln. Es war ganz still. Noch stiller nach den lauten Abschiedsrufen und dem übertriebenen Lachen. Jetzt war Beate ganz allein auf der Welt. Sie ging sehr langsam. Sie genoß es. Mochte der grüne Rock schleifen, mochten die goldenen Schuhchen aufweichen. Es war schön, so eingehüllt zu werden. Natürlich war die Party wirklich sehr nett gewesen. Nett. Alles war immer »nett«. Der Lutz,

der in sie verliebt war: nett. Gila war nett. Alle. Aber was war mehr? Auf keinen Fall das sinnlose Labyrinth dieser lauten Fröhlichkeit. Anders sein war mehr. Irgendwie anders sein. Es gab Unterschiede, sie wußte es. Mischa war nicht nett. Aber er war wenigstens anders. Auf einmal wußte sie, daß ihr das gefiel, ganz egal, ob er sie anmotzte oder nicht. Er war besonders. Anders als alle, die sie kannte.

Marietta war zum Beispiel auch anders. Ihr war es ganz gleichgültig, ob oder was die Leute über sie quasselten. Sie machte, was sie wollte. Sie schwieg. Sie war undurchsichtig. Sie hatte auch den Mut, lässig bis faul zu sein. Dabei vergnügungssüchtig und ganz und gar oberflächlich. War sie das? Tarnte sie sich nur? Schützte sie sich?

Jedenfalls erlaubte sie niemandem, ihr in die Suppe zu spukken. Sie stand da und wälzte ihren Kaugummi im Mund herum. Manchmal sah es aus, als warte sie auf irgendetwas. Auf was, das hatte Beate noch nicht herausbekommen.

Worauf bloß? Sie hatte doch alles: jede Menge Freunde. Tolle Kleider. Richtige Apparate, lange bis zum Boden oder solche, die aufwehten. Wickelröcke, immer etwas zu eng. Verdammt, wollte sie das? Oder war ihr auch das schnurzegal, wenn sie plötzlich »im Freien« stand? Verrückte Marietta. Und was steckte dahinter? Nichts oder viel?

Es schneite unaufhörlich.

Als Beate um die Ecke bog, lag das Gerichtsgebäude, alt und vertraut, wie ein schlafender Riese vor ihr. Ein Riese, der sich im Schnee ausruht. Kein Licht hinter den Fenstern. Sie schliefen schon alle, Papa, Mama, Daniel. Geborgen.

Das Treppenhaus war dunkel, die Fensterscheiben zugeschneit. Sie brauchte kein Licht. Sie kannte jede Stufe, jeden Absatz. Jede Unebenheit. Während sie langsam höher stieg, fiel ihr das Märchen ein vom Haus im Schnee, das ihnen die Lehrerin im zweiten oder dritten Schuljahr erzählt hatte.

Die Geschichte von der alten Frau, die sich vor Krieg und Gewalt fürchtet. Die den Herrgott bittet, ihr kleines Haus zu verschonen.
Und wirklich, er läßt es über Nacht zuschneien. Niemand kann es entdecken. Das Heer zieht stampfend und klirrend daran vorüber. Gerettet!
Ein wunderbares Märchen. Beate hatte schlucken müssen und in der Pause zu ihrer Banknachbarin gesagt: »Du, ich stelle mir vor, ich bin die alte Frau und sitze auf meinem Tisch und baumle mit den Beinen. Ätsch! Ihr konntet mir nichts tun.«
Spinnerei! Die Sievert Beate spann. »Du bist vielleicht blöd!«
Aber Beate hatte damals schon gewußt, daß sie ihnen allen in der Klasse eins voraushatte: Fantasie. Was für ein Mittel, sich das Leben schöner und spannender zu machen.

Sie war jetzt pudelnaß, fühlte sich aber frisch und warm. Wie am Morgen nach einer tief durchschlafenen Nacht. Ihre vom Schnee durchtränkten Sachen hängte sie an die Leine, die über die Badewanne gespannt war.
Daniel? Er schlief. Und noch im Schlaf hatte er die Denkfalte zwischen den Augenbrauen. Sie war richtig eingefurcht, und es sah aus, als denke er auch noch im Traum.
Mit dem Zeigefinger strich sie darüber, und er zuckte zusammen. Lieber Dani. Verglichen mit dir, bedeuten mir alle Jungen so gut wie nichts. Es gibt nur eine einzige Ausnahme. Die würdest du auch akzeptieren: den Mischa. Aber er macht sich nichts aus mir. Er ist unerreichbar. Unerreichbar aus einem unbekannten Grund. Ich verstehe das nicht. Darum, liebes Schneehaus, schütze mich vor dem Unverständlichen. Und schütze uns alle vor der unbekannten Zukunft.

Auch Anfang März waren die Tage noch grau und verhangen. Nebel lag über den Dächern und in den Straßen. Er stieg bis zu den niedrigen Fenstern hinauf.

Sie konnten sich nur am Gang erkennen und an der Art, wie sie ihre Schultaschen schlenkerten. Ihre Stimmen, nicht leiser als sonst, hörte man kaum. War das dort Britta? War das Gila? Lutz oder Mecki?

Sandra machte Beate sofort aus. Wenn die rannte, wippte sie mit dem linken Arm. Sie ruderte damit, als säße sie in einem Boot. Manchmal zog sie noch schnell ihre Mütze über die Ohren. Es war beißend kalt. »Beißerich« sagten die Leute.

Nachmittags war es nicht viel besser. Am liebsten blieb man daheim. Machte nach den Hausaufgaben nichts oder nur ein bißchen dies oder das. Daniels »dies oder das« war seit kurzem technisches Zeichnen. Kegel-, Pyramiden- oder sonstige Schnitte entstanden auf dem großen Zeichenblatt. Beate verstand keine Linie.

»Wieso findest du das so spannend?«

»Spannend« war noch immer das Wort, das ihre Neugier ausdrückte. Spannend waren ein Buch oder ein Film, falls sie wirklich spannend waren. Spannend war noch immer ein Besuch in der Scheune, obgleich es dort jetzt sehr kalt war. Es knisterte und wisperte geheimnisvoll. Das waren kleine Tiere, die unter dem Dach Zuflucht suchten. Fledermäuse und gewöhnliche Mäuse. Auch mal ein verflogener Spatz. Kommt nur, Beate ist hier! Sie tut euch nichts. Sie denkt nur ein wenig nach und sitzt ganz still.

Spannend waren natürlich auch die Filmfotos nebenan. Beate brauchte den Film gar nicht erst anzusehen. Nach den Fotos dachte sie sich die Geschichte selber aus.

Die war bestimmt viel spannender als der vorfabrizierte Film. »Ihren« Film erzählte sie Danie, der ein klasse Zuhörer war.

In letzter Zeit aber leider nicht mehr ganz bei der Sache. Er drängelte dazwischen: »Mach schon schneller. Wann kommt der Schluß?«
Leider. Es trennten sie eben immer noch die »entscheidenden zwei Jahre«, um sich restlos zu verstehen. Wann war diese Zeit endlich vorbei? Wann konnte man mit seinem Bruder über alles, alles reden?
Fantasie! Daß sich das Ehepaar Metterer scheiden ließ, wußte Beate zum Beispiel lange, bevor sich alle darüber den Mund zerrissen. Sie hatte es beobachtet und sich ihr Teil gedacht. Es war so: Anfangs gingen die Metterers gemeinsam ins Café gegenüber. Dann, eines Tages, sie allein, und noch später, eines anderen Tages, mit einem jungen Mann. Das war keinesfalls ihr Sohn oder ein Verwandter. Sie taten so unheimlich vorsichtig. Noch später sah Beate den Herrn Metterer auf der Bank in den Anlagen sitzen. Mit einem Mädchen, das sie leider nicht kannte. Aber sie war so frech und marschierte an ihnen vorbei, ohne hinzugucken, und die zwei fuhren auseinander.
Was, ihr wundert euch? Ich weiß es längst. Gerede im Haus. Untreue und falsches Spiel. Das habt ihr davon. Nun sitzt ihr auf der langen Bank vor Papas Dienstzimmer und schaut euch nicht mehr an. Bis daß der Tod euch scheidet! Nur ein falsches Versprechen.
Vater sprach nie über seine »anhängigen Fälle«. Diensteid. Aber Beate war nicht sicher, ob er Mama nicht doch manchmal etwas anvertraute, sie zum Beispiel nach ihrer Meinung fragte. Konnte gut sein. Mama war klug. Und vor allem konnte sie den Mund halten. Beate zweifelte daran, daß sie das aushielte. Lieber keinen Mann, der an einen Diensteid gebunden ist. Konnte unter Umständen gefährlich werden. Für einen Richter. Für einen Arzt. Für einen Lehrer . . .
Langweilig. Heute nicht schön langweilig. Dani kritzelte, und sie schaute auf die fast menschenleere Straße. Wenn doch

endlich Radfahrwetter wäre! Sie wollte dann wieder irgendwohin. Sie hatte es Daniel schon angedroht.
Angedroht! Sie lachte leise. Ob er immer noch ein bißchen Angst hatte vor neuen Abenteuern? Oder hatte sie ihm die Angst schon ausgetrieben? Daniel – werde mutig! Wehe, wenn nicht.
Mama war beim Kaffee. Da trafen sich die Damen alle vierzehn Tage. Einmal in dem, einmal in dem anderen Café. Damit es gerecht war. Dort aßen sie Torte oder löffelten Eisbecher. Es war nett. Mama ging gern hin. Sie redeten und redeten, Nachmittage lang. Über ihre Kinder und den Schulstreß. Über die guten und schlechten Noten: » . . . denn die Vier hat meine Tochter nicht verdient. Ich ging auch gleich zu dem Lehrer und habe ihm . . .« Sie schwärmten von ihren neuen Kleidern und beklagten das Malheur, als ein Staubsauger seinen Geist aufgab. » . . . und ich erwartete Besuch, denken Sie doch!«
Mama überlegte nicht viel. Manchmal langweilte sie sich, und daheim sagte sie so hübsch: »Ich hörte zu und führte meinen Geist auf die Weide . . .« Dann lachten sie mit ihr. Verstellung, Mama!
»Nein, Kind. In einem kleinen Ort muß man sich treffen und sprechen. Es ist wichtig.« So? Die höhere Weisheit der Erwachsenen? Das war nicht ganz richtig, fand Beate. Man sollte immer ehrlich sein.
Zu dumm, daß Elsa Urlaub hatte und auch nicht da war. Sie hatten daheim Schlachtfest, und sie half Wurst eindosen und Fleisch einfrieren.
Die Küche war dunkel. Beate ging vom Fenster weg und hinüber ins Wohnzimmer, wo Mutters Schreibsekretär stand. Sie knipste die grüne Schirmlampe an. Hell. Gut für Mamas Augen, aber nicht für Beates. Sie kniff ihre Augen zu, und sie schmerzten ein wenig. Zum ersten Mal durchzuckte sie der Gedanke, ob sie später vielleicht einmal wie Mama Sorgen da-

mit kriegen könnte. Ach, Unsinn. Sie paßte schon auf. Ihre Augen waren okay.
Lautlos zählte sie bis zwanzig und öffnete sie wieder: alles gut. Jetzt konnte sie scharf sehen. Rechts, in dem schmalen, offenen Fach, lag Mamas unerledigte Korrespondenz. Ein Brief von Tante Erika. Einer von Tante Inge. Eine Postkarte von Müllers. Meine Güte! Wo waren die denn zur Zeit? In Katmandu? Weiter ging's wohl nicht. Noch andere Briefe. Uninteressant.
Das Mittelfach war abgeschlossen. Klar. Sie wollte ja auch gar nicht spionieren. Dann zog sie an den kleinen Schüben. Alles geordnet. Reiseprospekte und Garantiekärtchen. Mama war ordentlich. Wahrscheinlich wurde man erst so sorgfältig, wenn man seinen eigenen Hausstand hatte. Ein Glück, daß das bei ihr noch viel Zeit hatte. Jedenfalls wollte Mama, daß ihre Sachen auch ihre blieben. Richtig. Sein Eigenes muß man haben. Nicht herumzeigen oder herumliegen lassen.
Beate hatte noch nicht viel »Eigenes«. Keinen Liebesbrief, nicht mal einen bloß freundschaftlichen. Vielleicht bekam sie später ab und zu einen. Sie würde sie alle Daniel zeigen, solange sie harmlos waren . . .
Spielerisch tastete sie sich von Fach zu Fach. Dieser Sekretär, ein altes Stück und von Papa der Mutter vor Jahren geschenkt, besaß unheimlich viele Schubkästen. Im letzten fand sie das Schlüsselchen. Es lag ganz einfach drin und glitzerte im Lampenschein. Es sagte: Hier bin ich. Nimm mich nur. Es merkt jetzt keiner.
Nein! Ja? Nein! Ja.
Sie blickte sich ganz unnötig scheu um. Das Zimmer lag, abgesehen von dem Lichtkreis um den Schreibtisch, im Dämmerlicht. Mit raschem Griff nahm sie ihn und kam sich vor wie ein Dieb. Tut mir leid, Mama, aber es ist zu spannend. Sie steckte den Schlüssel in ihre Hosentasche, öffnete die Korridortür und zog sich am Geländer der Bodentreppe hoch. Lei-

se, leise! Hoffentlich kommt jetzt niemand nach Haus! Ich muß jetzt allein sein. Unbedingt.
Verflixt. Sie hatte den Schlüssel zur Bodenkammer vergessen. Zurück und genauso wieder nach oben. Wehe, Dani, wenn du jetzt auftauchst! Ich kann dich heute und hier oben nicht brauchen.
Geräuschlos, ganz willig öffnete sich das Kofferschloß. Was suchte sie eigentlich? Nichts und alles. Obenauf lag das Faschingskleid von vor vierzehn Tagen, frisch gewaschen und gebügelt. Beate griff mit dem Arm unter den ganzen Kleiderbausch und legte ihn auf die Bretter des Fußbodens. Tiefer, noch tiefer. Ihre flinken Hände fühlten Seidenpapier und darin eingewickelt einen niedlichen, geblümten Sonnenschirm. Den hatte Mama ihr nicht anvertraut. Es hätte so hübsch ausgesehen: eine Fee unterm Sonnendach. Ein Glückskind, wohl beschirmt.
Was war das da? Ein Einsatz? Ein Koffer im Koffer? Nicht abgeschlossen und angefüllt mit alten Briefen. Zu viele. Sie nahm den obersten und überflog ihn: »Liebes Herz, heute schreibe ich Dir mitten aus dem größten Schlamassel. Wir sind vor Stalingrad mit unseren Panzern steckengeblieben. Wolle es der Himmel, daß wir hier herauskommen. Der Russe beharkt uns mit der gefürchteten Stalinorgel. Doch ich habe die innere Gewißheit, daß ich zu Dir zurückkehren werde. Bete für mich. Immer Dein Horst.« Ach das. Krieg. Großvaters Briefe aus dem Feld. Nein, die wollte sie nicht lesen. Zu traurig, obwohl er doch, gottlob, wiedergekommen war.
Krieg – das Wort klang wie das Schrillen einer zu oft gehörten Schallplatte. Es tat ihren Ohren weh.
Enttäuscht wollte sie schon alles zurückpacken, als ihre hastigen Bewegungen das Zeitungspapier auf dem Grund des Koffers verschoben.
Ein Fund! Das war ihr sofort klar. Ein Heft. Fast lose Blätter, die nur noch durch einen Zwirnsfaden zusammengehalten

wurden. Beschrieben. Sie schob sie rasch unter ihren Pulli und warf alles Herumliegende achtlos zurück in den aufgeklappten Koffer. War ihr doch jetzt egal, ob es jemand spitzkriegte oder nicht. Sie verschloß das Ungetüm und stahl sich in die Wohnung.

Der Vater war schon oben, und Elsa hatte heiße Wurstsuppe mitgebracht. Mit Brot darin – eine Delikatesse! Sie löffelten lange. Schrecklich lange. Mensch, Papa, nicht noch einen Teller! Ich will ins Bett.

Besorgt sah er sie an: »Erkältet?«

Nee. Aber müde. Todmüde. »So ein langweiliger Nachmittag schlaucht mehr als die schwerste Mathearbeit.«

Wirklich?

Ja, Mama. Nur müde. »Ich erklärte es schon. Nacht.«

Nacht.

Endlich allein. Beate baute sich in ihrem Bett ein gemütliches Nest und knipste ihre Taschenlampe an. So las sie die schwungvolle Überschrift auf dem blauen Deckblatt:

MEIN TAGEBUCH
Clara Schütze
beg. 15. Februar 1876
zu Düben

Allein mit dir, Clara. Endlich! Sei mir nicht böse. Aber ich kenne dich schon so lange und kenne dich auch nicht. Ich lese deine Blätter freundschaftlich. Ich werde nichts Böses denken, was auch immer du geschrieben hast.

Die losen Seiten, denn der letzte Faden hatte sich unter Beates Pulli gelöst, waren nicht numeriert. Unmöglich schien es, sie zu sortieren. Machte nix.

Schön war die Schrift, zierlich und spitz. Zart. Ab und zu ein kleiner Extraschwung. Deutsche Schrift wie auf Mamas Fä-

cher. Ganze eng beschriebene Seiten, die Tinte ins Braune verblichen.
Beates Taschenlampe irrte über die Blätter. Kein Rand. Alles vollgeschrieben. Von einem übervollen Herzen ihnen anvertraut. Beate las:

Düben, 25. Februar 1876

. . . und als er unser Haus betrat, war ich nicht zugegen. Ich wußte wohl, daß Vater ihn erwartete. Aber meine Mutter fand es unschicklich, daß er uns beide, Marie und mich, sogleich kennenlernt. Wir mußten Tante Minchen den längst versprochenen Besuch abstatten. Doch wir nahmen bald wieder Abschied, und sie entließ uns gnädig.
Wir rannten durch die Tuchmachergasse, wobei wir unsere Röcke heben mußten, da die Straße sehr schmutzig war. Denn es war Markttag und viele Fuhrwerke unterwegs. Die Fuhrleute lärmten in den Wirtshäusern oder kamen angetrunken heraus. Uns behelligten sie nicht, denn sie erkannten in uns die Töchter des Bürgermeisters . . .
Das zweite Blatt:

. . . denn was für ein schöner junger Mann er ist!!! Marie fand das auch. Sie sagte am Abend zu mir: Clara! Ich könnte dich beneiden – er sah nur dich! (Dabei ist sie erst zwölf Jahre alt und, wie ich leider feststellen muß, sehr frühreif!) Auch ich sah nur IHN, bis Mama uns hinausschickte. Mama ist strenger als Vater.
Übrigens ist er hier, um Trosse und Seile, Taue und sonstiges Schiffszubehör zu bestellen. Als Teilhaber einer Reederei und Handelscompagnie hat er Vollmachten. Die Com. läßt ihre Schiffe mit ihren Frachten bis nach Amerika, ja, bis Indien laufen. Er ist weitgereist und kennt sich in allem aus. Wie spannend er erzählt! Ich könnte ihm immerfort zuhören, ihn immerfort ansehen, was sich natürlich nicht schickt und ich nicht tue.

Morgen reist er nach Frankfurt weiter, wo er sich in einer Maschinenfabrik die neuen Schiffsschrauben vorführen läßt. Beim Abschiedstrunk wandte er sich an mich und hob sein Portweinglas: Auf Ihr Wohl, Demoiselle Clara, und daß wir alles zu einem guten Abschluß bringen. Dabei sah er mich so liebend an, daß ich insgeheim zitterte.

Ja, er ist liebens-würdig!!! Papa sagte beim Nachtmahl: »Er denkt praktisch und modern. Er kennt sich aus. Er kennt die Welt. Ein ausgezeichneter Partner.« Ich lauschte auf jedes Wort, denn . . .

Das dritte Blatt:

Robert lebt in Stettin, was nach seinen kunstvollen Schilderungen eine Weltstadt ist. »Sie riecht das ganze Jahr über nach Fisch und Salz und Teer, und der Seewind bläst durch die Gassen . . .«

Ach, wie schön er ist! Sein kühnes Gesicht! Seine Wikingeraugen! Ach, sein Händedruck! Fest und gut. Ob er Maries Hand genauso drückte? Er macht gern seine Späße mit ihr. Mich aber nimmt er ernster.

Die übrigen Zeilen waren nicht beschrieben. Nur ein großes Herz darauf gemalt. Beate wurde es heiß. Sie konnte in ihrer Höhle kaum noch atmen. Außerdem hatte sie Durst, und die Taschenlampenbatterie war im Eimer. Typisch! An so was dachte der Vater nie. Auch Daniel nicht. Technische Dinge sind Männersachen. Sie stand auf und lauschte in den Dielengang. Alles still.

Wie lange hatte sie schon gelesen? Sie kam langsam voran, wegen der deutschen Schrift. Aber auch wenn es die ganze Nacht dauern sollte – sie wollte alle Seiten lesen. Denn das Wichtigste kam bestimmt jetzt erst. Wie viele Blätter noch? Wie lange dauerte Claras komplizierte Liebesgeschichte?

Wurscht. Dann schwänzte sie eben morgen die Schule. Was Marietta so oft praktizierte, konnte sie schon lange.

Im Besteckfach fand Beate Mamas Taschenlampe, die man per Strom aufladen konnte.
So, jetzt war das Licht wieder hell genug.
Das vierte und fünfte Blatt:

> . . . weil ich fühle, wie es mich immer mehr zu ihm zieht. Zu ihm und der weiten Welt. Dorthin, und doch nur zu IHM! Denn er spricht englisch und französisch und schwedisch. Marie würde ihm nie folgen, sagt sie. »Er ist mir zu gesprächig.«
> Ach, Marie, du hast ein enges Gehirn, keine Fantasie. Kein mutiges Herz.
> Fest steht, daß Vater mit ihm einen Vertrag über viele tausend Taler abschließen wird, Lieferung zuvor. Ist nicht üblich. Aber ist der Name »Hinrichsen« nicht einen Vertrag wert? So Vater.
> »Du bist ein Glückskind«, sagte heute meine Ama, als sie mir die Haare zum ersten Mal aufsteckte. Ich kam mir neu und fremd vor. Wie leid tut mir Marie, weil sie des Glükkes, das so geheim in mir ruht, nie teilhaftig werden wird. Denn er wird wiederkommen und dann . . .
> Ach, ich bin ein Glückskind . . .
> . . . und ich trug das grüne Seidenkleid mit dem Fichu (Schultertuch). Das helle Vorderteil war drapiert à la mode. Der Ausschnitt weit, denn Ama wollte, daß Robert meine schöne weiße Haut sieht. Geliebte Ama. Du verstehst mich besser als die Mutter. Ama schnürte mich so fest, daß ich schrie. Dann lachten wir und maßen meine Taille: 55 cm! (Marie hat 62!!)
> Den Fächer hielt ich in der Hand, als ich in die Reblaube gerufen wurde. Es war ein schwüler Tag. Robert trug einen zimtfarbenen Rock, Cut genannt, dazu ein zart gestreiftes Beinkleid. Ganz eng. Eine smaragdgrüne Weste und ein dunkleres Plastron. Einen schöneren Mann sah ich noch nie!

Sein Strohhut und das Stöckchen lagen elegant auf dem Tisch. Wir besprechen wichtige D . . .

Das sechste Blatt:

. . . Logis im »Schwarzen Bären« und er bat mich, dorthin zu kommen. Heimlich. Damit wir uns kennenlernen könnten. Ein Junge brachte mir diese himmlische Botschaft. Ach, liebes Tagebuch, mein Herz ist zu voll, ich kann nicht weiterschreiben.

Ich gehörte ihm ja schon von Anfang an GANZ! Ich, das glücklichste Mädchen der Welt, und bald seine Frau . . .

Beate mußte schlucken. Es war zu spannend, irrsinnig spannend. Wie schön mochte der Robert gewesen sein? So schön wie . . .? Sie verlor sich in Gedanken. War er so ein Spitzentyp . . . wie der Mischa?

Beate wurde es heiß, und sie stand wieder auf und holte sich ein zweites Glas Sprudel. Ein Uhr vorbei? Das schaffte sie leicht: noch zwei Seiten. Sie brauchte also morgen die Schule nicht zu schwänzen. Besser so.

Das siebte Blatt (nur wenige Zeilen vollgeschrieben):

. . . Arm ins Glück. Der Ehevertrag wird in Kürze aufgesetzt. Vater überschreibt nach seinem Ableben die Hälfte seines Vermögens Robert und mir. So ist es am besten angelegt und wird sich vermehren. Zunächst bekomme ich nur eine kleinere Mitgift als vorgesehen. Mir ist Geld so gleichgültig.

Aber Robert schien unpäßlich zu sein. Einsilbig. Er ging bald zurück in sein Logis. Es ist unschicklich, daß er bei uns wohnt. Wenn sie wüßten, daß wir schon zusammengehören. Liebes Tagebuch, du wirst mich nie verraten?

Letztes Blatt (verwischte, ungleichmäßige Schrift, nichts mehr von Gleichmaß und Schwung):

Er kam nicht. Er wird nie mehr kommen. An Papa schrieb er den Absagebrief. Er bedaure unendlich. Aber seine Geschäfte haben sich zum Schlechten gewendet, und . . .

Ach, ich weiß nichts. Ich bin fast tot. Wir waren uns so unbeschreiblich nahe!

Papa sagte: »Sein Name wird in meinem Hause nie mehr genannt.« Er nahm mich in die Arme, küßte mich (was er noch nie tat) und bat mich herzlich: »Vergiß ihn! Welch ein Glück, daß wir rechtzeitig erkannt haben, was für ein Mensch er ist.«

Zuletzt, ganz klein:

O Robert, was hast du mir angetan! Ich will st . . .

Das Wort war unleserlich.

Beates Antwort

Die hatte es damals gewaltig erwischt. So ein mieser Bursche. Geschäftemacher und Betrüger. Und wirklich geliebt hat er sie nicht, die treuherzige Clara.

Beate verbrachte den ganzen nächsten Tag im Bett. Halsschmerzen nun doch, Mama. Gurgeln? Ja. »Aber dann laß mich bitte in Ruhe. Mir schwirrt der Kopf.« Das war wirklich nicht gelogen.

Gestorben war die Clara allem Anschein nach nicht. Allmählich an gebrochenem Herzen hingesiecht? Oder ging das schneller? Herz gebrochen und dann aus? Sie mußte mal den Doktor fragen. Wahrscheinlich war es ganz langsam mit ihr bergab gegangen. Weiterleben müssen, unscheinbar werden und vor der Zeit weißes Haar bekommen. Dazu ein entsetzliches Getue, so, als müsse sie alle, die ihre Geschichte kannten, immerfort um Verzeihung bitten! Die Clara mit dem Fehltritt! Die hatte Schande über die Familie Schütze gebracht.

Armes Ding. Da hattest du einmal Mut und Vertrauen, und es ging schief. Du hast etwas riskiert. Ich bewundere dich.

Heutzutage? Ach du liebe Güte, da wäre es leicht für dich gewesen. Beispiel Marietta. Die wird nicht etwa still und geduckt, wenn eine Liebelei platzt. War nur ein mieser Zwischenfall. Aber bei dir, Clara, war es sofort »das Schicksal«. Er schenkte dir sein falsches Lächeln, dieser Robert, trieb sein Spiel und verschwand, als es sich nicht mehr lohnte. Dein Herz starb, aber du selbst mußtest weiterleben.
Eines hast du Marietta voraus: Du hast sie erlebt, die echte, große Liebe. Muß wunderbar sein, auch wenn sie nur Erinnerung ist. Das ist schon etwas. Du hast's erlebt, ganz egal, ob er ein Windhund war oder nicht.
Bestimmt warst du eine besondere Natur, nicht die Glückliche, wie sie alle behaupteten. Du hattest Mut zu dir selbst. Das ist tausendmal mehr, als ewig nur »die Glückliche« zu sein. Schade, daß wir uns nicht gekannt haben. Du hast zu früh gelebt, das ist es. Einhundert Jahre etwa zwischen dir und mir. Also, ich hätte den Robert wahrscheinlich umgebracht. Egal, was sie dann mit mir gemacht hätten. Es war ja aus. Du warst ohnehin gefangen . . .
Beate stellte sich das bildlich vor: alle Türen offen und doch gefangen in dieser Familie, die Clara zum Großziehen ihrer Kinder benutzte und die dann ansehen mußte, wie glücklich – gottlob ohne Schande! – Marie lebte.
Dein Leben rann wie Sand durch deine Finger. Auch ein passender Vergleich. Beate streckte sich wohlig aus.
Du warst auf jeden Fall die Geleimte. Blöde gute alte Zeit. Und wenn ich den Robert nicht ermordet hätte, so hätte ich mir einen anderen Mann gesucht. Es gibt sie doch, die älteren und nicht mehr ganz so schönen Junggesellen, die froh sind, wenn sie eine Frau ins Haus bekommen. Die nicht so verrückt auf den allerbesten Ruf aus sind. Die denken: Was soll's? Die Clara Schütze ist doch sonst okay.
Was kann auf deinem Grabstein gestanden haben? Du, ich habe Erfahrung damit. Vielleicht das:

Hier ruht in Gott
die Jungfrau (?) Clara Schütze
geb. 1859 gest. ???
Auf Wiedersehen im Himmelreich!

Und dann, das wünschte ich dir von ganzer Seele, solltest du ihm dort begegnen, wenn er vorher nicht sowieso in die Hölle gekommen ist. Du schwebtest an ihm vorüber, hörst du, im Engelskleid und nicht so fest geschnürt. Und dann gibst du ihm einen Stoß. Nach unten. Mit Robert ab durch die Mitte. Ade! Abwärts mit ihm. Das wäre eine prima Lösung!

Beate bewegte ihre Lippen wie in einem unhörbaren Gespräch. Wunderbar, allein zu sein. Sich alles auszudenken. Das fantastische Leben . . .
Ich? Wie ich es gemacht hätte? Das fragst du?
Also: Erst mal gar nicht so schnell auf den »reingefallen«. Wenn, dann hätten sie meine Liebe nicht gemerkt (falls ich, wie du, schon siebzehn oder achtzehn wäre). Ich hätte es auch nicht aufgeschrieben. Es auch Daniel nicht erzählt (Daniel ist mein Bruder). Ich hätte jedenfalls danach nicht aufgegeben und mich nicht geschämt
Die Pille? Ich würde sie nicht nehmen. Ich bin etwas altmodisch. Auf keinen Fall wie Marietta. Die hat meiner Ansicht nach ihr Leben schon vermurkst. Treusein – das lernt die nie mehr. Treusein halte ich für wichtig. Du ja auch, aber nicht zu lange und nicht, wenn es sich nicht lohnt. Du verstehst: Robert verdiente es nicht. Ich bin auch verknallt! Und das weiß keiner. Ich finde den Mischa toll. Aber er ist hochmütig. Er dreht sich nicht nach mir um. Das tun manche. Zum Beispiel auf meiner letzten Party. Bei Sandra. Er war auch da. Aber denkst du, er hätte mit mir getanzt? Dabei hatten wir »mini« ausgemacht (das ist ganz kurz!), und ich hatte das

Grüne an. Lange weiße Strumpfhosen und Lackpumps. Die Haare hatte ich in zwei Zöpfe geflochten und am Hinterkopf zusammengesteckt. Der Mischa saß bloß da und trank Bier. Ich hasse Bier. Er sah fa-bel-haft aus in seinem offenen Hemd und engen Jeans (das sind blaue Hosen mit Nieten). Er hat blondes lockiges Haar. Aber ich bin nicht so unvorsichtig wie du. Ich zeige ihm nicht, wie sehr er mir gefällt. Wahrscheinlich erfährt er es nie.
Angeblich sind wir also »Glückskinder«, du und ich. Ein aufgeklebtes Etikett. Leider haben wir nicht viel davon. Ich habe zum Beispiel nur in kleinen Dingen Glück: Noten, Sport, Freundinnen. Mein zweitgrößtes Glück ist Dani. Und die Eltern. Das muß ja so sein. Sie sind schließlich unsere Macker. Und lieben uns. Ich liebe sie auch sehr.
Schluß jetzt: Mama kommt ins Zimmer. Und draußen höre ich Papa und Daniel. Ich werde nicht länger krankspielen. Denn wir haben ja alles besprochen. Ade, Clara!

Gefährliches Spiel

Endlich märzblaue Tage! Endlich hinaus ins Freie. Wurde auch Zeit. Und Clara war wieder unter Glas und muckste sich nicht mehr. Aber wir, du und ich, wissen alles voneinander, nicht wahr?
Leider hatte Daniel im Februarzeugnis eine Fünf in Latein heimgebracht. Mensch, mußte das sein?
Könnte Beate ihm nicht etwas helfen, fragte die Mutter.
Sie ließ sie nicht ausreden: »Nein.« Warum?
»Er weiß es immer besser. Der sieht es einfach nicht ein, daß nach ‚cum' der Akkusativ kommen muß. Das ist ja seine Pleite. Und dann kommen wir ins Palaver. Nein.«
Er sollte den Zoppisch, seinen Lateinlehrer, fragen. »Der hat immer einen Musterschüler auf Lager, der sich ein paar

Knöpfe verdienen will.« Was kostete es? Beate zuckte die Schultern. Keine Ahnung. Sie hatte ja noch keine Nachhilfe nötig gehabt. »Kommt auf den Typ an. Acht Mark etwa.« Also gut. Es mußte sein.
Beate maulte: »Ihr verpimpelt den Dani nach Strich und Faden. So wird der nie selbständig. Der soll sich gefälligst selber darum kümmern. Eben lernen.«
Die Eltern sahen sich an: Wirklich? Verwöhnten sie ihn?
»Klar. Weil ich es euch so leichtmache.«
Außerdem hatte sie selbst für Daniel ganz neue Pläne im Kopf. Nach wochenlangem Mistwetter kam man ja langsam ins Spinnen. Sie mußten unbedingt die Pedale wieder unter ihren Füßen spüren. Nicht mehr zu den blöden Rittern und auf keinen Fall mehr zur alten Mühle, Dani, keine Sorge. Das haben wir schon abgestaubt. Ist schon gebongt.
Los, komm nur, Daniel!
Sie fuhren durch das Tor und am Friedhof vorbei, der sie ja einmal wahnsinnig interessiert hatte, und streiften den Turm mit einem Blick. Herr Möller? Wie mochte es ihm gehen? Keine Zeit, darüber nachzudenken.
Weiter, weiter. Immer den Schienen nach. Auf dem kleinen Fußpfad daneben. Beate mochte es, wenn das Fahrrad unter ihr zitterte wie ein Rennpferd. Hü! Hott! Klar, später würde sie reiten lernen. Denn das Glück der Erde liegt auf dem Rükken der Pferde. Sie wußte das von Mama, die Reitunterricht gehabt hatte, bis Papa kam. Da war Schluß. »Nein, Clarissima, das können wir uns nicht leisten.«
Gut, Philipp. Ich gebe es auf.
Beate fand das nicht richtig, daß die Mutter sich so schnell gefügt hatte. Gehörte das zusammen: Glück gewinnen und Freiheit aufgeben? Sie wußte nicht, wie sie selbst einmal entscheiden würde. Ob der Mann das wert war? Papa war es wert. Aber Mama hätte sich erst ein bißchen sträuben sollen. Wirkte besser.

Sie fuhren und fuhren.
Wie lange noch, Beate?
»Bis er kommt.«
Wer?
»Der Zug natürlich. Der Schnupfer. Capisco?«
Sie hörten ihn in der Ferne schnaufen. Die hatten ja für die schon beinahe stillgelegten Strecken die ältesten Loks in Betrieb. Beate sprang vom Rad, Daniel auch. Was nun?
Sie sahen ihn kommen. Seine niedlichen Rauchwolken. Sein einfältiges Gesicht mit den Lampenaugen. Hundert Meter entfernt. Vierzig. Dreißig. Noch einen Moment! Dann gab sich Beate einen Ruck. Ein Kickstart. Sie sprang die Wiesenböschung hinunter spürte den Sog, der entsteht, wenn Luft gewaltsam geteilt wird. Sie taumelte. Noch ein ungefährer, halber Satz, und sie fiel in die Wiese jenseits des Gleises.
Daniel war nicht gesprungen.
Verdattert, zitternd stand er drüben. Warum war er nicht gekommen? Dani! Mensch. Es war doch gut gegangen. Ein entschlossener Absprung. Darauf kam es an. Immer rechtzeitig abspringen. Aber nein, der nicht! Er stand da und sah entsetzt zu ihr hinüber.
Dann kam er endlich: »Ich wollte . . .«, stammelte er, »ich wollte, ich . . . ich . . . Aber ich dachte, es könnte zu spät sein. Und ich dachte an Mama und daß es vielleicht wirklich zu spät . . .«
»Ich dachte an nichts. Hörst du, Dani: an nichts. Ich wollte es, und ich tat es. Ich war fest entschlossen. Das ist das wichtigste.«
Warum? Wofür?
Sie saßen nebeneinander im noch feuchten Gras. Der Zug war schon lange nicht mehr zu sehen. Sie kaute an einem kleinen Halm, und er riß ihn ihr aus dem Mund.
»Das ist nicht gut. Wegen der Spaltpilze.«
Quatsch. Tödlich? Noch mal: Quatsch.

»Selber ein Spaltpilz«, hätte sie am liebsten gesagt. Doch sie hielt den Mund.
Jeden Spaß, jedes Wagnis spaltete er auf in Für und Wider. Sie sah ihn an: sein deutlicher gewordenes Profil. Sein unbedingtes »Dagegen«, das in seinen Augen stand. Ein anderer Daniel. Ein neuer. Er ließ sich nicht mehr so leicht lenken. Von ihr nicht. Er hatte seine Überlegungen, faßte seine Entschlüsse. Seit wann hatte sie ihn eigentlich nicht mehr wie früher »an der Hand«? Hatte sie ihn nicht selbständiger und mutiger machen wollen? Und warum paßte es ihr nun doch nicht, wenn er sich ihrem Willen entzog? Daniel. Mein jüngerer Bruder. Ist es schon so weit, daß du deine eigenen Wege gehen willst und mußt? Es sind nicht »die entscheidenden zwei Jahre«, die uns trennen. Es ist unsere Verschiedenheit. Zwischenräume zwischen uns. Zwischenräume, kleine Spalten zwischen allen Menschen. Auch bei den Eltern.
Beate kannte das. Wenn zum Beispiel Mama schlechter Laune war und mit Papa zankte, ging Papa aus dem Zimmer. Hinüber in den anderen Raum. Er machte ihn seiner Frau deutlich, den Zwischenraum. Es dauerte manchmal lange, ein paar Stunden, einen halben Tag, bis Mama drübersprang. Einmal hatte Beate es zufällig beobachtet, wie die Mutter nach einem Streit zu ihm ging. Zögernd, als wage sie den kleinen Sprung nicht. Wie sie den Vater aber dann plötzlich umarmte. Er saß mit dem Rücken zur Tür und hörte ihr Kommen nicht. Er blätterte zerstreut in einem Buch. Aber als er sie spürte, lehnte er sich an sie und schloß die Augen. Sie lächelten beide, und der Zwischenraum war fort . . .
Ein schönes Bild. Ein Sinnbild. So, wie man eine Szene in einem Film erlebt, die einen zittrig macht.

»Du, Daniel, ich habe es gelesen. Alles über Clara. Ihr Tagebuch. Ihr Bekenntnis.«
Sie wartete.

Daniel sah sie verständnislos an. »Ach, die Clara? Das Bild?«
Also manchmal war er ein echter Doofi. Hatte er nicht selbst die weibliche Ahnenreihe aufgestellt?
Sie wurde deutlicher: »Ich las ihre Tragödie. Kapierst du nun? Ungefähr. Na ja, mit Zwischenräumen. Ich bin der einzige Mensch, der noch an sie denkt. In Liebe und Mitgefühl ihrer gedenkt, wie sie wohl gesagt hätte.«
Ach so. »Du hattest diese Halsentzündung, lagst im Bett. Ich dachte, du schwänzt die Schule. Du warst wirklich krank?«
»Ja. Aber ich war nicht halskrank. Ich war Clara-krank. Schon die ganze Nacht vorher. Das hat mich vielleicht geschlaucht.«
Ach das.
»Ach das, ach das. Du redest gefühllos.«
»Mensch! Vor hundert Jahren! Wen kratzt das jetzt noch?«
»Mich.« Sie rutschte näher, und ihre Stimme wurde leiser: »Das Glückskind Clara hat aufgegeben. Sie ist an der Liebe zerbrochen. Versauert.«
Beates Gesicht paßte überhaupt nicht zu ihren Worten. Sie verzog es manchmal ironisch und kniff Daniels Arm. Er schrie, und sie schrie nun auch, sprang auf und tanzte um ihn herum: »Versauert, versauert! Ich nicht. Ich nicht!« Dann zog sie ihn hoch, er mußte mit herumspringen.
Plötzlich wurde sie ernst und zog die vergilbten, eingerissenen Clara-Blätter aus ihrer Hosentasche. »Hier, das sind ihre beschriebenen Zettel.«
Unmöglich, die sprunghafte Schwester zu verstehen. Sie wechselte ihre Stimmungen wie eine Chamäleon seine Farbe. Das Geschreibsel dieser Clara interessierte ihn nicht einen Deut. Außerdem wollte er heim.
»Du bleibst!«
Warum?
»Verbrennen. Wir verbrennen jetzt ihr Geheimnis. Ihr falsches Glück. Ihren miesen Robert.«

Die Streichhölzer wehten immer wieder aus. Sie kauerten sich hin und hielten alle vier Hände darüber. Keine Flamme blieb. »Laß mich es machen«, sagte Daniel. Er hielt das Streichholz in den Hohlraum der halb zurückgeschobenen Schachtel. Es flackerte unschlüssig, schoß aber dann hoch. Beate hielt das erste Blatt darüber. Das Flämmchen fraß schnell. Dann das zweite, das dritte und die nächsten. Sie roll-ten sich zusammen und wurden schwarz, sanken als graue Asche auf das feuchte Gras. Ein kleiner, winziger Aschenke-gel bildete sich, den der Wind sogleich zerstob.

Beate rief: »Leb wohl, Clara! Ade alles, was dich glücklich und unglücklich machte. Nun ruhe in Frieden.«

Sollte er lachen oder empört sein? So ein Unsinn!

Sie nahm ihm die Entscheidung ab, fiel ihm um den Hals und schluchzte: »Ich bin es auch. Ich auch.«

Was? Wie?

»Traurig, unglücklich, Dani. Er ist . . . er mag . . . Ach.«

Mädchen sind so was von sentimental! Von einem gewissen Alter ab stimmt es mit ihnen nicht mehr. Seine Schwester schien mitten drin zu sein. Sie tat ihm leid. Wie konnte er ihr helfen? Er suchte, fand aber die richtigen Worte nicht. Was sagt man unglücklichen Schwestern? Wie tröstet man sie, wenn man den Grund ihres Kummers nicht genau kennt? Er zupfte an seinem linken Ohrläppchen, seine bekannte Ge-wohnheit, wenn er nachdachte.

Dani, lieber guter Dani. Ich meine den Mischa. Aber du ahnst es nicht. Es ist gut so. Du könntest es ihm mir zuliebe sagen. Aber ein Geheimnis ist kein Geheimnis mehr, wenn man es mit einem anderen teilt. Sandra weiß es ja nur ungefähr und hat es bestimmt schon vergessen. Hoffentlich.

Nur Clara kennt es, ihr habe ich es gebeichtet, das mit Mi-scha. Aber die saß wieder starr in ihrem Rahmen.

Beate stand auf und zertrat den letzten Rest der Asche. Sie drehte ihn mit dem Absatz in den Boden. »Komm jetzt, los!«

Sie hoben ihre Fahrräder auf, aber ehe sie aufsaßen, sagte Beate, den einen Fuß bereits auf dem Pedal: »Mein Sprung vorhin war eine Probe. Ein Orakel. Ich wollte sehen, ob es mir glückt. Ich hatte mir einen Wunsch ausgedacht. Es klappt. Es wird klappen.«
Orakel! »Hör endlich auf mit dem Blödsinn«, rief er ungewohnt verärgert. »Komm«, wiederholte er und war schon ein paar Meter voraus.

Am Abend schlich sie sich, wie fast immer, noch einmal zu ihm. »Du , Dani, ich hab' dich trotzdem lieb.«
Ich dich auch. Trotzdem.
»Wenn ich mal in 'ne Klemme komme, hilfst du mir dann? Echt? Aus einer echten Klemme, keiner ausgedachten?«
Natürlich. »Wir haben ja ein Bündnis.«
Aber in was für eine Klemme sollte sie kommen? Bei ihr ging doch alles immer gut aus.
»In eine bestimmte Klemme. Ich weiß es auch nicht so genau. Oder kennt man seine Klemmen schon vorher? Jedenfalls in eine Klemme, die keinem erspart bleibt.«
Sie sprach in Rätseln. Schwestern! Also gut: jede unbekannte Klemme. Aber jetzt wollte er schlafen. »Nacht.« Der Schreck saß ihm noch in den Gliedern. Sie hatte es gerade geschafft. Kurz vor der Lok. Glück! Wie immer: Glück!
Er sah ihr die paar Sekunden nach, die sie brauchte, um zur Tür zu kommen. Zwei, drei kleine, leichte Schritte. So froh, als sei sie am Nachmittag nicht unglücklich gewesen. In ihr klangen noch alle Glocken, und so etwas wie Veilchenduft umschwebte sie.
Er schloß die Augen. Aber da war Beate schon wieder. Atemlos. »Was Wichtiges! Sie fuhr ihm mit dem Zeigefinger über die Stirn und über die Nase. »Es fiel mir bloß ein, weil ich es ausprobieren will. Würdest du mitkommen? Morgen? Ich mache es vom Wetter nicht abhängig. Egal, ob's regnet.«

»Nein. Morgen nicht.« Da hatte er seine erste Lateinnachhilfestunden. »15 Uhr bei uns. Der Zoppisch hat . . .«
Ach der. Sie war enttäuscht. Übermorgen?
Ja. Vielleicht.
Als sie über die Diele in ihr Zimmer ging, hörte sie aus dem Gartenzimmer das Oboenkonzert, das sie alle so liebten. Beate wußte, daß Vater und Mutter jetzt nebeneinander saßen und Mama ihren Kopf an seine Schulter gelegt hatte. So hörten sie Musik. Beate huschte zu ihnen und bedeckte ihre nackten Beine mit dem Bademantel.
Das Konzert war sanft und lebhaft, verspielt und ernst. Alles war schön.

Warten und hoffen

»Mischa?« schrie sie und ließ den Löffel in die Suppe platschen. »Ausgerechnet der! Der Zoppisch hat 'nen Knall, den zu empfehlen!«
Warum nicht den? Der ist gut.
Hach, gut? Weder Daniel noch die Eltern wußten, was für einen Zeitzünder sie sich da ins Haus holten. Freiwillig! Sie mußte heimlich lachen, wenn sie an ihn als Zeitzünder dachte. Eine gute Revanche für den Grasaff. Zeitzünder! Mischa, wieviel Zeit habe ich?
Natürlich war sie nicht anwesend, als er das erste Mal bei ihnen aufkreuzte. Aber am Abend fragte sie sehr gleichgültig: »Der Mischa? Kann der wirklich was, oder braucht er bloß Moneten?«
Frage! »Er ist Spitze. Im Erklären hat er die Ruhe weg.«
»Na, dann schlaft nur nicht gleich ein, wenn ihr beide so die Ruhe weghabt.«
»Der Mischa ist anders ruhig als ich. Manchmal geht der hoch, wenn ich schußle.,Blöder Kerl' ist noch sanft bei dem.«

Ja, ja, seine ausgeflippten Reden kannte sie. Übrigens verlangte er pro Stunde nur sechs Mark. Anständig, was? Die Eltern waren auch so penetrant zufrieden mit dem Wunderknaben Mischa. Sie kannten sie nicht, diese Bombe, deren Zeitzünder jederzeit explodieren konnte.
Sie würde jedenfalls kühl bleiben wie eine Eisbombe.
Damenhaft kühl. Von oben herunter.
Wann kam er wieder? So – das machten sie in der Schule aus? »Von Fall zu Fall«? Wieder typisch. Der Mischa ließ sich immer sämtliche Türen offen oder schlug sie mit einem Knall zu. »Hattet ihr Sport? Du bist ja ganz außer Puste!« Verstellung, Lüge. Bestimmt hatte er damals ihren erbitterten Kampf mit dem miesen Udo gesehen. Und er hatte ihr nicht beigestanden. Ein kaltes Herz. Kalt wie siebzehn Hundeschnauzen.
Mischa! Warum ziehst du mich magnetisch an? Ich bekomme das große Flattern, wenn ich dich sehe. Ein Glück, daß du zur Zeit kein Mädchen hast.
Ich würde dir das glatt verbieten. Wenn schon nicht ich, soll es keine andere sein. Höre es bitte, Mischa. Wenn wir bloß einen einzigen gemeinsamen Spinnwebfaden hätten. Ich achtete schon darauf, daß er nicht zerreißt. Ich kann vorsichtig sein. Ein bißchen müßtest du allerdings erst daran zappeln. Dann würde ich dich erlösen.
Gespinste. Gedankenflitter.
Sie war ganz verdattert, als sie an einem Nachmittag die Korridortüre aufriß. Sie hatte Sandra erwartet und wollte sie anschreien, weil sie geklingelt hatte wie die Feuerwehr. Er war es. In voller Lebensgröße. Das Haar kürzer geschnitten, das Gesicht noch klarer. Die Augen schrecklich eindringlich. Er war liebenswürdig. Es gefiel dem Herrn, liebenswürdig zu sein. Sie blieb ganz »Dame«, wie geplant. Sie hob ihren Arm und wies elegant in Richtung Küche. »Bitte, tritt näher. Dort wartet mein Bruder.«

Er trat näher, ging durch die eben gewischte Küche, und Elsa brummelte nicht. Er stieß nicht an den Wassereimer und verschwand in Daniels Zimmer.
Beates Herz klopfte. Alles falsch gemacht. Ganz unnatürlich und affig. Grasaffig. Wahrscheinlich meinte er dieses Getue. »Grasaffig« – ein orginelles Wort. Sie sprach es dreimal hintereinander. Klasse. Große Klasse. Wenn er bloß nicht sie damit meinte.
Lustlos saß sie über ihren Lateinaufgaben. Dieser Caesar machte sie noch verrückt. Ob der Brücken über den Rhein geschlagen hatte oder nicht, war ihr doch egal. Über zweitausend Jahre war das her! Dagegen war Clara ja ein Teenager. Ein modernes Mädchen mit Pech.
Im Augenblick war sie jedenfalls blockiert.
Drüben saß Mischa und paukte Latein mit Daniel. Lateineinser! Sie war auch einer. Das mußte sie ihm bei Gelegenheit mal unterjubeln.
Vielleicht imponierten ihm kluge Mädchen. War sie klug? Zur Zeit saudumm. Seinetwegen. Er trug die Verantwortung. Denn er war schuld, daß sie pausenlos an ihn denken mußte. Er, nur er. Dann kam ihr ein Gedankenblitz. Wenn sie so stumm wurde in seiner Gegenwart und er auch, ging es ihm bestimmt so wie ihr: Er war in sie verschossen. Er hatte dasselbe Herzklopfen! Mensch. Das war's! Wun-der-bar. Eine Idee. Eine glorreiche, alles erklärende Idee: Er hat mich auch schrecklich gern.
Von jetzt an konnte sie ohne Vorbehalt an ihn denken. Heil Caesar! Ich kriege dich schon raus. Deinen Schmus von anno dazumal. Ich werde wie du auch eine Umgehungsschlacht einleiten. Dich einkreisen, Mischa. Ich werde dir aber auf keinen Fall – wie Clara dem windigen Robert – willenlos in die Arme sinken . . .
Sie lief im Zimmer herum. Konnte man bei derartigen Überlegungen stillsitzen?

»Was schmierst du da dauernd auf dein Löschblatt?«
Marietta sah schräg zu Beate hinüber. Schlafzimmeraugen. Dämmerige, verschlafene Augen. Die Jungen hatten schon recht, wenn sie Marietta damit aufzogen. Im Augenblick war ihr schläfriger Blick allerdings berechtigt. Sie hatten Physik, diese grauenvoll-langweilige Physikstunde, die kein Ende nehmen wollte, weil sie dauernd auf die Uhr sahen.
»Warum?« hakte Marietta nach, die sonst mit jeder oder auch keiner Antwort zufrieden war. »Wen meinst du mit M?«
»Sag ich nicht.«
Aber warum eigentlich sollte es Marietta nicht wissen? Die hatte Erfahrung. Vielleicht konnte sie ihr bei dem Mischa-Problem mit Rat und Tat zur Seite stehen.
»Mischa«, antwortete Beate und bereute es sofort.
»Den Mischa?« Marietta dehnte den Namen unnötig lange.
»Den? Den bekommst du nicht. Der ist noch schlimmer als du. So extra. Du verstehst?«
Nein. Nichts. Und was war an ihr so schlimm?
»Nichts Schlimmes. Aber du bist so 'ne besondere Sorte von Mädchen. Zusammen mit dem geht das nicht gut. Ihr macht euch bloß kaputt.«
Sibyllinische Weisheiten. Marietta! Dir mit deinen lockeren Ansichten glaube ich kein Wort.
Physik war aus, und sie verließen den Saal.
»Komm mit«, sagte Marietta und zog Beate in den obersten Stock, wohin sich nie eine Pausenaufsicht verirrte.
Ach so, hier traf sie ihre Freunde? Ihre Bevorzugten?
»Hier doch nicht.« Bei Beate piepte es wohl. Viel zu unsicher. Aha.
Beide Mädchen hatten die Arme verschränkt und standen sich, an die Wand gelehnt, gegenüber.
»Also, wenn du den Mischa haben willst, mußt du sehr schlau sein. Der läßt sich nämlich nicht einfach catchen. Für den brauchst du 'ne lange Leine. Verstehst du?«

Nein. Kein Wort.
»Ist es dein erster?«
Beate wurde rot. Ganz leise kam es: »Mein erster.«
Mochte er sie überhaupt? Hatten sie einen Schimmer davon, ob er sie auch . . .?
»Ja. Wahrscheinlich. Er ist oft bei Daniel.«
Alles Quatsch. Sie meinte, ob er schon mal was gesagt hatte wie »Du bist spitze oder super«? So was Einschlägiges.
Beate wurde noch röter, weil sie nichts zu bieten hatte. »Nein, sagt er nicht. Weil er gut erzogen ist. Weil er . . . weil er . . .«
Gut erzogen und der erste! Vielleicht. So ein Tinnef. Und die Beate machte eine komplette Liebesgeschichte daraus. Mariettas Mundwinkel drückten Ablehnung aus.
Diese Kuh! Wenn Beate der bloß nichts angedeutet hätte. Kein Stück Gefühl. Schlimm.
Und plötzlich schossen Beate die Tränen in die Augen. Unhaltbar. Marietta kam ganz nahe, nahm ihren Kopf zwischen die Hände: »Kleine. Heul doch nicht. Über ungelegte Eier vergießt man keine Tränen. Erst mal sehen, ob er's wert ist. Aber wenn du unbedingt willst, dann probieren wir's eben mit meiner Methode.«
Sie ließen die Pausenklingel heulen. Alles ganz gleichgültig. Hier und jetzt war Rettung nötig.
»Hör zu und unterbrich mich nicht, ja? Du machst es so:
Erstens. So oft wie möglich treibst du dich in seiner Nähe herum. Du bist klug und wirst das einrichten. Im Bus. Im Zug. In der Pause. Bei euch. Du tust, als suchst du jemanden, nur nicht ihn. Mit einem umherirrenden Blick. So.« Marietta verdrehte die Augen. »Ihn nicht ansehen. Das ist wichtig.
Zweitens. Später, irgendwann, sagst du was zu ihm. Irgendwas ganz Gleichgültiges. ‚Schönes Wetter heute!' oder: ‚Mensch, saukalt'. Das fällt dir ein, klar?«
Klar. Das fällt ihr ein.

Drittens. Ganz nebenbei bittest du ihn um einen Gefallen: ‚Halt mal meine Tasche, bitte!' Oder: ‚Besetzt du mir einen Platz? Ich muß noch mal zum . . .' Ist ja egal. Und dann trödelst du, damit er warten muß.
Viertens. Alles das sagst du nicht zu freundlich, aber doch freundlich. Das macht ihn nämlich neugierig.
Wenn du das erreicht hast, ist es beinahe geschafft.
Fünftens. Jetzt geht es andersrum: Er sucht dich. Er bittet dich um einen Gefallen, und du sagst nicht immer ja. Klar?«
Sie sagte nicht immer ja. Klar.
»Du mußt interessant für ihn werden. Er muß über dich nachdenken. Wichtig ist, daß du genau dazwischen bleibst.«
Wie: dazwischen?
Mariette verdrehte wieder die Augen: »Meine Güte, du bist 'ne harte Nuß. Nicht nett, aber doch ein bißchen nett. Das funktioniert immer. Fast immer.«
Was für eine schwierige und undurchsichtige Methode, dieses »dazwischen«. »Ich glaube nicht, daß ich das schaffe«, sagte Beate bedächtig. »Ich bin mehr für ganz oder gar nicht. Das, was du mir vorschlägst, halte ich nicht durch.«
Hm. Beate war eben anders. »Ich gebe es zu, du bist 'ne Ausnahme.«
Leider. Es schien so. Sie bedauerten es beide.
»Eins mußt du unbedingt tun: Ihn spüren lassen, daß er dir nicht gleichgültig ist. Kannst du das wenigstens?«
Vielleicht. Sie kamen überein, daß Beate ihr Bestes tun und es Marietta mitteilen wolle.
Aber kein Wort zu den anderen!
Nee. Kein Wort.

Es war Freitagnachmittag, und Mischa war gekommen, um mit dem Bruder zu pauken. Beate hatte ihm die Dielentür nicht geöffnet, sondern glänzte durch angebliche Abwesenheit. In Wirklichkeit saß sie in ihrem Zimmer und wartete.

Sie hörte die Stimmen der beiden durch die angelehnten Türen. Mit ihrem Stuhl rückte sie näher und näher und begann, die geliebten »Greensleeves« auf der Gitarre zu zupfen. Sie vergriff sich kein einziges Mal. »Er« mußte es hören und es bewundern.
Stille. Murmeln. Anscheinend sagte Dani Fürwörter auf: eius-eia-illa-ud oder andere Nebensächlichkeiten.
Daniel, Latein ist gar nicht so wichtig. Du glaubst es bloß, weil die Eltern es glauben. Wichtiger sind ganz andere Dinge. Seelische. Das Herz. Die Sehnsucht. Dahinter kommst du auch noch.
Sie spielte die »Greensleeves« gleich noch einmal. Dann dachte sie an Ursulas Lied. Sie hatte es fast vegessen. Sie probierte und klimperte. Es klang miserabel. Aber der erste Sommer kam ihr in den Sinn und alles, was sie damals angestellt und erlebt hatten. Alles das, was damit zusammenhing. Frohe und traurige Gedanken. Und allmählich fand sie zu der Melodie zurück.
Dann verstummte sie und hing ihren Gedanken nach. Als sich Daniels Zimmertür öffnete, schoß ihr das Blut zum Herzen: Jetzt war es soweit.
Sie griff kräftig in die Saiten. Greensleeves.
Nichts geschah. Die beiden Jungen, der große und der kleine, unterhielten sich ganz ruhig: »Du hast sie also verstanden, die Fürwörter?«
»Ja, sehr gut.«
»Dann lern' die Dinger auswendig. Du hast 'ne Menge Löcher. In die knallst du immer wieder.«
»Ich weiß, Mischa. Ich werde üben, Mischa.«
Blödmann Daniel.
Die Korridortür flog schwungvoll ins Schloß. Eilige Schritte die Treppe abwärts.
Sie rannte ans Fenster: »Er« kam aus dem Haus, überquerte die Straße und verschwand im Café.

Außer Atem ergriff Beate irgendein Schulbuch und rannte hinterher. Im Café war er nicht. Zum hinteren Ausgang hinausgegangen? Wen traf er dort?
»Wen suchst du?« fragte die junge Bedienung gelangweilt.
Wen? Ich? Keine Ahnung. Oder doch?
»Ich dachte, meine Mutter ist heute hier.«
Heute nicht. »Die sind im anderen.«
Danke. Sie ging wieder hinüber und schob das Buch in eine Ecke des unteren Gerichtsflures. Dann schlug sie den Weg zum westlichen Stadttor ein. Es war ein heller Tag und die Leute geschäftig unterwegs. Da kommt Beate. Sie wird immer hübscher. So blond! So zierlich! So freundlich!
Das Friedhofstor stand wie immer weit offen. Man konnte nicht einfach vorübergehen. Man mußte einen Augenblick stehenbleiben, hineinschauen. Das Kreuz überragte alles. Es fesselte den Blick.
Ihre Augen schweiften hinüber zu den bewaldeten Höhen, über die Wiesen und Felder. Frühsommer. Bald würden sie das Gras schneiden, das Heu wenden. Später den Hafer und die Gerste ernten. In der Mitte des Jahres, wenn die Hitze zunimmt, würden die Bäche austrocknen, aber Regengüsse würden sie wieder füllen. Ein Wechsel. Ein Gesetz. Ein ständiges Auf und Ab. So ging das Jahr dahin. Gleichmütig und selbstverständlich. Immer dasselbe. Man selbst blieb nicht derselbe. Man veränderte sich. War es erst ein Jahr her oder schon ein ganzes Jahrzehnt, daß sie mit Daniel aus Jux und Langeweile die altmodischen Grabschriften abgeschrieben hatte? Gedankenlos und vergnügt.
Und kurz danach war alles ernster geworden.

Nein. Sie wollte sie nicht besuchen, die Gräber. Das war vorbei. Längst überwunden. Denn mindestens acht- oder zehnmal waren sie inzwischen hier vorbeigekommen und hatten keine Lust verspürt, sie zu besuchen. Herrn Möller auch

nicht. Sie hatten immer Wichtigeres vorgehabt. Sie hatten nicht Wort gehalten.
Der dicke Turm war jetzt von einem zierlichen Garten umgeben. Beate lugte über den grünen, frischgestrichenen Zaun. Nein, was für kitschiges Spielzeug hatte er dort aufgestellt! Eine Mühle, deren Rad sich unter einem dünnen Wasserstrahl drehte. Ein Zwergenpaar, das im Gras lagerte und dessen Köpfe mit den roten Zipfelmützen sich im Windhauch unaufhörlich bewegten. Daneben ein Windrad mit den Himmelsrichtungen, in Bronzeschrift aufgemalt: N O S W. Die Zeiger klapperten leise. Und im Baum saß ein bunter Vogel aus Holz. Er glotzte dümmlich.
Sonderliche kleine Welt. Herrn Möllers Ersatzwelt.
Er wird mich sehen und aufschließen.
Tatsächlich öffnete sich die Turmtür, und ein Mann in Hosenträgern und Pantoffeln schlurfte näher. Es war nicht Herr Möller.
Es wird Besuch sein.
»Zu wem willst du?«
»Zu Herrn Möller.«
»Der ist schon seit drei Monaten im Krankenhaus. Der kommt wohl nicht wieder.«
Wieso? »Sind Sie ein Verwandter? Hüten Sie das Haus?«
Alles Fehlanzeige. »Ich kenne den gar nicht. Die haben mir das Zimmer angeboten. Weil der doch was Schlimmes hat. Und ich hab' es gemietet in Bausch und Bogen. Weil niemand wußte, was mit seinem ganzen Zeug werden sollte.«
»In welchem Krankenhaus?«
Der Mann zuckte die Schultern: »Nicht hier. Sonst wäre ich nämlich mal bei ihm vorbeigegangen.«
Dem ist der Herr Möller ganz gleichgültig. Er hat keine Ahnung von ihm.
Aber hatten sie eine Ahnung, sie und Daniel? Der hatte sich nur für die See- und Landschlachten interessiert, und ihr war

er auf den Wecker gefallen. »Da gehe ich nie wieder hin, Dani, daß du's weißt. Der mit seiner Ursula.«
Vorbeigegangen. Sie hatten es genauso gemacht. Interesselos vorübergelaufen. Jetzt war es zu spät, um freundlich zu Herrn Möller zu sein. Gedankenlos vorbeigegangen. Auf den Wecker gefallen. Und er lag irgendwo, und seine Sachen hatte ein anderer, ein Fremder.

Der Mann zeigte auf das Spielzeug: »Habe ich alles konstruiert. Das bewegt sich nämlich. Der Vogel hebt die Flügel. Aber fort kann er nicht.«
Das Hemd des Mannes blähte sich vor Stolz.
Gräßlicher Kerl. Nistet sich hier ein. Alles komplett. Inklusive. Wo war das Foto? Die glühende Fuchsie? Die Keksdose und die bunten Saftgläser?
Sie fragte den Mann nicht.
Vor einem kurzen Jahr hatten sie einen Blick auf ein fremdes Schicksal geworfen und es schnell wieder abgestreift. Sie hatte nicht mehr daran gedacht.
Ein Lied war übriggeblieben. Ein Lied ohne Worte. Sie wußte nicht einmal, ob sie es noch zusammenbringen würde.
Nein, danke, sie wollte nichts in Bewegung sehen.
Sie verließ den geschwätzigen Mann und nahm sich vor, die kleine Stadt einmal ganz zu umrunden. Sie würde nicht lange brauchen. Eine gute Stunde oder knapp zwei.
Es war schön, so zu gehen. Stetig. Nicht langsam und nicht schnell. Sie kannte fast alle Häuser und ihre Bewohner.
»Grüß Gott!« oder nur ein Handheben. Man mochte sich. Alles schien so freundlich und unkompliziert. Liebe, kleine Stadt. Woanders leben? Nein. Niemals fortgehen. Immer hierbleiben. Zu Hause.
Sie betrat den Garten durch das seitliche Hoftor. Die Iris hatten sich mächtig geräkelt. Aber es waren in diesem Jahr nicht mehr die leuchtend-blauen. Es waren die violetten, die brau-

nen, die sich vermehrt hatten. Die dunklen Farben. Beate fand sie noch schöner.
Seit dem Frühjahr war der Garten in schnurgerade Beete eingeteilt. Fachmännisch. Elsa verstand viel davon. Busch- und Stangenbohnen. Erbsen, die sich um dürre Zweige rankten. Mohrrüben, die sie gewissenhaft »verzog«, damit sie größer und dicker wurden.
Aber der Birnbaum hatte abgesägt werden müssen. Geblieben war ein blutender Stumpf. Unmöglich, sich darauf zu setzen. Feucht. Kaputt.
Eines Tages hatten sich seine Blätter eingerollt und waren klebrig und schwarz geworden. Krank. Befallen von einer unheilbaren Krankheit. Ein sterbender alter Baum. Nie wieder köstliche, kleine Birnen. Nichts ist ewig. Alles ist veränderlich. So vieles verfällt.
Beate stand im Garten und suchte den Seidelbast. Sie hatten ihn einmal im Wald ausgegraben und hierher verpflanzt.
Papa, tu nicht so, als sei es ein Kapitalverbrechen. Geschützte Pflanze? Nun ja, ich weiß, aber nur die eine und nur dieses eine Mal!
Das »Verbrechen« gedieh außerordentlich. Es hatte zarte Blüten, ein schönes Pink. Sie kauerte sich neben den zierlichen Stamm und roch an den Blüten. Ein zarter Duft. Ein Fremdling in ihrem Garten. Ein Gruß aus dem Wald. Sie lockerte die Erde in kleinem Umkreis. So hatte die Pflanze Luft zum Atmen und Wachsen.

In der Wohnung war niemand. Beate ging in die Küche und hielt den Mund unter die Wasserleitung. Der volle Strahl überspülte ihr Gesicht. Sie trank so gerne Wasser wie der Vater. Er beurteilte eine Gegend immer nach dem Geschmack des Wassers, das sie hervorbrachte. Dieses Wasser war gut. Es schmeckte ein wenig nach Salz und ein wenig nach Eisen. Herb und klar.

In der Diele hing sie sich an die Turnringe und ließ die Füße schleifen. Hin und her. Es war angenehm. Man konnte sich entspannen. Die Gedanken flogen aus dem Kopf. Träge. Schlaff. Gut.
Ihr Gesicht fiel auf die Brust, das Haar gab nach. Jetzt schaute sie aus wie die kleine Statue, die auf Vaters Schreibtisch stand. Mit gesenktem Kopf. Es war der Abguß einer Fortuna aus römischer Zeit. Eine Hausgöttin, die der Vater in einem Kölner Museum erworben hatte. Beim Umzug hatte sie den Kopf verloren, und Daniel hatte ihn vorsichtig wieder angeleimt. Armes, kleines Ding. Beate hatte über die Bruchstelle ein rotes Bändchen geschlungen. Leicht beschädigte, kleine Glücksgöttin!
Immer noch drehte sich Beate im Kreise. Wann hatte Vater sie zum letzten Mal gemessen? Er tat das in jedem Jahr einmal und markierte es an der Küchentür. Daniel schoß in die Höhe. Sie wuchs nicht in vergleichbarer Schnelligkeit. Ihr Körper ließ sich Zeit.
Sie fühlte seine langsame Veränderung, und manchmal betrachtete sie sich aufmerksam im Spiegel. Er gefiel ihr, ihr neuer Körper. Er wurde runder und weicher. Er meldete sich alle vier Wochen. Das war nichts Besonderes. In der Klasse sprachen sie offen darüber. Alles klar. Nur Britta hatte Sorgen. Sie wartete noch immer. Menschenskind, fünfzehn und immer noch nicht?
Marietta sprach aus, was alle dachten: »Sei doch froh. Das kommt noch früh genug.«
Beate drehte sich. Rechts herum und links herum.
Warum war Daniel so scharf aufs Größerwerden? Was hatte er davon? Was hatte er von seinen 1,74 m?
Sie war erst 1,60 m groß, und er nannte sie »Gartenzwerg«. Es war doch viel, viel schöner, klein zu sein und sich behütet zu fühlen. Sie hatte seit dem vergangenen Jahr nur vier Zentimeter »geschafft«. In einem Jahr!

Vor einem Jahr war vieles anders gewesen. So vieles noch nicht passiert. Nicht Mamas Augensache zum Beispiel und Daniels Wachswut. Nicht das Sterben des Birnbaumes. Nicht Herrn Möllers undeutbare Krankheit. Nicht Udos gemeine Attacke und Mariettas verteufeltes Rezept. Und Mischas Auftauchen. Alles neu und unverständlich. Alles schmerzhaft.
Beate ließ die Ringe plötzlich los, sie baumelten aus. Sie schlenderte in das Zimmer hinüber, in dem Mutters Sekretär stand. Sie stieg auf den Schreibtischstuhl und berührte mit der Hand Claras neu gerahmtes Bild.
Das Glas war kühl und fremd.
Glückskinder, wir zwei?
Laß es sie doch glauben. Aber sie irren sich.
Wir wissen es besser.
Zisch-zisch-zisch! Ausgetrickst, Clara! Minne-Manne-Maus – und du bist raus.
Ich will mich hüten.
Im Flur verklang ungeduldig die helle Stimme der Mutter: »Wo bist du, Kind?«
Beate stand im Türrahmen: »Hier, Mama. Wo sonst?«

Sie begegneten sich ganz unverhofft.
Damit beschäftigt, die Noten zur Gitarrenbegleitung des kleinen Mozartstückes abzuschreiben, hörte sie es zwar an der Korridortür klingeln, wollte aber noch die beiden letzten Takte anfügen.
Einen Augenblick, gleich!
Dann schlitterte sie den Dielengang vor und klinkte die Tür auf. Sie hatte so viel Schwung, daß sie übers Ziel hinausschoß und unsanft gebremst wurde. Es war Mischa. Er hielt ihrem Aufprall stand, und sie stemmte ihre Fäuste gegen seine Brust. Gleichzeitig warf sie den Kopf nach vorn. Ihr Haar überflutete sein Gesicht. Er griff rücksichtslos hinein, und so, ungewollt, hielten sie sich fest.
»Daniel!« rief sie, und gleich noch einmal: »Daniel!«
Und er kam nicht.
Sie keuchte: »Laß mich los! Du sollst mich loslassen.«
Er atmete ganz ruhig: »Wer hält dich denn?« Leiser: »Grasaff, kleiner.«
Endlich tauchte Daniel auf. Ahnungslos, freundlich und unbefangen wie immer, fragte er: »Ach, ihr habt euch schon grüß Gott gesagt?«
Sie flüchtete ohne zu antworten zu ihren Noten. Aber jetzt sah sie die Schrift nur verwischt. Verschoben. Wie unter Pauspapier. Er. Unverhofft. Das Weiße in seinen Augen so nahe. Die Berührung ihrer Gesichter.
Sie rieb sich die Nase. Er hatte nach frischer Luft gerochen. Klar, wenn er auf seinem Moped gekommen war. Wie sehr hatte sie schon oft gewünscht, ihm absichtslos zu begegnen. Und nun auf einmal. Unvorbereitet. Tückisch. Nicht im Traum hatte sie gerade in diesem Augenblick an ihn gedacht. Warum hatte ihr nicht eine Stimme gesagt: »Öffne! Draußen steht Mischa.«

Sie hockte auf dem Klavierstuhl und starrte auf ihre Knie. Ich kann das nicht, Marietta, abwarten und immer »dazwischen bleiben«. Ich kann kein Trümpfe ausspielen. Ganz einfach, weil ich keine in der Hand habe. Laß deine Sprüche. Ich mache es, wie ich will. Das weiß ich nun wenigstens. Bluffen ist Quatsch. Mir nimmt das keiner ab. Am wenigsten der Mischa. Ich werde dir das erklären, Marietta. Deine Tricks sind nicht meine. Mein Trick ist, ohne Netz und doppelten Boden eine ganze Menge zu riskieren. Was, das wird sich finden.

Wie an jedem Morgen wartete Sandra an der Ecke der Bahnhofstraße. Spät! Ja, spät.
Alles wie immer und doch anders. War er schon durch? Wo blieb er? War er etwa krank geworden? Hatte er vielleicht eine Panne? Merkte Sandra, daß sie ihr gar nicht zuhörte? Schrecklich, wenn man für sich behalten will, worüber man so gern reden würde.
Nachmittags nahm sie Elsa die Besorgungen ab. Wirklich, sehr gern. »Ich habe Zeit, Elsa, wirklich.«
»Fahr mit Sandra, Dani. Ich kann nicht. Du siehst ja, daß ich einkaufen muß. Zeig Sandra die Mühle oder die Pferde. Die interessiert das. Die mag dich, bestimmt.«
So? Woher wußte Beate das?
»Ich weiß es eben. Los, fahrt schon.«
Zum ersten Mal störte er sie.
Sie hatte nur noch Mischa im Sinn. Sie wurde ihn nicht los. Manchmal kam sie sich vor wie unter einer Glasglocke, abgeschnitten von der wirklichen Welt. Mal sehen, wie lange sie es aushielt. Allmählich wird der Sauerstoff darunter knapp. Man wird sehr müde, und alles wird einem gleichgültig. Die Schule, der Garten. Daniel und sogar die Eltern. Keine Luft mehr da zum Reinpumpen? Bitte laßt mich. Es ist ein herrlich schwebender Zustand, ganz langsam abzuschalten. Schweben. Vergessen.

Denn das Leben ist gar nicht so schön, wie man glaubt. Von einem bestimmten Zeitpunkt an ist es lästig. Von dem Zeitpunkt an, da man so viel von einem erwartet. Gute Noten? Das geht ja noch. Das bringt man leicht. Mittelmäßige genügen auch, falls die Eltern vernünftig sind. Sie sehen ein, daß man nicht immer in Form ist.

Aber aus den harmlosen Noten werden zwanghafte Pflichten. »Beate Sievert! Man erwartet, daß Sie Ihre Pflicht tun. Das Leben ist kein Film. Stehen Sie es durch! Alles möglichst fehlerfrei, mein Fräulein.«

Die Eltern weit weg. Telefonate ab und zu. Kurze Besuche ab und zu. Die Wäsche? Aber ja, bring sie nur, Kind. Hattest du gute Tests? Wie viele Punkte? Großartig!

Dann die selbstgewählten Tabus: Ach, laß doch Papa, das ist meine Sache. Ach, laß doch Mama, das mache ich schon richtig. Ich möchte darüber nicht sprechen. Danke für den Kuchen und die Wurst. Ich bin zur Zeit knapp.

Alles wird knapp. Die Gespräche. Das Verstehen. Das Vertrauen. Die Zuwendung.

Ein verdammtes Leben. Man wird nicht gefragt. Man ist in der Mühle. Die Freunde von früher sind verstreut. Man muß neue finden. Man braucht einen Freund. Einen, der versteht. der nicht nur haben will. Wo findet man ihn? In einem Trödelladen? Beim Tanzen? In der Mensa vielleicht? Ist er ein Robert oder ein Philipp? Woran erkennt man das, ehe man auf sie hereinfällt?

Ach, dieses Zufall-Gewinnspiel. Einer wird gewinnen. Aber wer? Man erfährt es erst am Ende der Sendung. Wenn sie beinahe vorbei ist. Wie bei Herrn Möller. Hat er gewonnen? Nein: nur verloren. »Tut mir leid, Herr – wie war doch gleich Ihr Name? – Möller. Aber Sie bekommen leider nur den Trostpreis: eine Schallplatte. Schöne Lieder. Zum Beispiel: Warum ist es schwer, zu verlieren, was einem ja doch nicht gehört . . . Zufrieden, Herr Möller?«

Ehe sie sich's versahen, wurden die Buden und Karussells auf dem Marktplatz wieder abgebaut. Was? Schon wieder Oktober? Wo war der Sommer? Geflüchtet, geflohen. Ruhelos. Auf Wiedersehen im nächsten Jahr.

In den Ferien waren sie in Tirol gewesen. Auf einem Bauernhof. Sehr einfach. Noch ziemlich urig. Ringsum viel Grün, das Mutters Augen guttat. Viel Zeit zum Lesen, was Papa vor allem gefiel und Daniel auch. Keine Streifzüge mit ihm. Übrigens schrieb er Briefe! Eine echte Sensation.

An wen?

»An Sandra. Hab's versprochen.« Ha, ha! Braver Junge. Na, dann schreib mal schön, und was denn?

Wieder eine rote Stirn. »Och, bloß so. Und 'ne Zeichnung von unserem Bauernhaus und Lageskizze dazu.«

»Das will die alles wissen?«

Daniel schwieg.

Sie wurde frech und zutraulich: »Verliebt?«

Der ganze Daniel war eine einzige Entrüstung: Nee. »Aber an Sandra gefällt mir, daß sie sich genau für Tatsachen interessiert, wie ich. Daß sie sachlich ist. Verstehst du?«

Nicht ganz. Warum pflückte er Blumen? Zum Pressen für die Briefchen?

Er wehrte sich wieder: »Ich bestimme die Pflanzen, zeichne sie ab, schematisch, und sende es ihr.«

»Sende es ihr«, äffte sie ihn nach. Ein bißchen eifersüchtig war sie, offen gestanden. »Wir wollen uns nie trennen«, hatten sie einmal geschworen. Es mußte Jahre her sein. Erinnerungen aus ferner, schöner Zeit.

Stürmisch packte sie ihn beim Kopf: »Du – es gilt noch, dein ‚ein und alles', oder?

»Klar«. Es sollte immer gelten.

Beate und Sandra? Zwei Welten.

Er schob seine Schwester ein Stück von sich weg. »Du müßtest dir auch einen Freund suchen. Einen Kumpel. Man braucht auch mal 'ne andere Art von . . . von Mädchen oder Jungen. Hast du . . .«
Beate? Jede Menge, wenn sie nur wollte. Den Lutz zum Beispiel oder den Andy.
So? Jede Menge. Er glaubte es ihr aufs Wort. Dann war ja alles bestens. Und nun wollte er weiterschreiben.
Gut, gut, sie ging ja schon.
Er hat keine Ahnung von mir.
Da leben wir so nahe beieinander und haben uns lieb und wissen nichts, nichts, nichts.
Sie setzte sich auf die Fußstütze von Vaters Liegestuhl. Was studierte er? »Napoleon, un Général de Fortune.«
Neben ihm lag der kleine Langenscheidt, Französisch – Deutsch. Papa! Er übersetzte jeden Satz halblaut und schlug unermüdlich im Wörterbuch nach. Sein Schulfranzösisch war dünn geworden. Rührend. Lieber, lieber Papa, ich liebe deine Genauigkeit, deinen Fleiß und die Zähigkeit, mit der du einer Sache nachgehst
Mama strickte. Aus grober Wolle einen Pullover für Daniel. Sie war schon beim Rollkragen. Das Problem war nur, daß er dehnbar genug blieb, damit Dani ihn wie einen gekauften über den Kopf ziehen konnte. Wie oft hatte sie den Kragen schon aufgetrennt? Diese Wollwurst? Nebenbei achtete Mama auf Papas Übersetzungsergebnisse. Aha. Interessierten sie die wirklich? Oder tat sie nur so? War es nicht so interessant, daß den General und späteren Kaiser sein Glück verließ, als er sich von seiner »Unvergleichlichen« trennte. Von seiner Josephine. Pech, mein Lieber. Pech gehabt. Ausgetrickst.
Wann fuhren sie endlich nach Hause? Beate sehnte sich zurück. Aus Langeweile schmökerte sie in Mamas Büchern. Ingeborg Bachmann. Ja, Mama mochte die sehr. Das Buch schlug sich von selber auf. Ein Lesezeichen lag darin.

Das Gedicht:

»An die Sonne

Schönes Licht, das uns warm hält, bewahrt und wunderbar sorgt, daß ich wieder sehe und daß ich dich wiedersehe.

Nichts Schöneres unter der Sonne, als unter der Sonne zu sein . . .«

Beate sprach es langsam nach. Es waren Muttes Gedanken, eingefangen von einer Dichterin. Schöne Worte: Nichts Schöneres unter der Sonne, als unter der Sonne zu sein. Besser kann man's bestimmt nicht sagen, wie? Es war ein langes Gedicht, aber diese Zeilen waren die besten. Beate sagte sie mehrmals leise vor sich hin.

Mama lauschte immer noch Papas stockenden Übersetzungen. Sie schaute zwar auf ihre Strickarbeit, aber sie war mit ihren Gedanken bei ihm. Glückliche Eltern. Herrlich, einen Menschen zu haben, dem man alles, Sorgen und Freuden, Ängste und Hoffnungen, anvertrauen kann. Dem man sich rückhaltlos offenbart.

Es war schön, Papa im Liegestuhl lesen zu sehen. Es war schön, Vater und Sohn mit den Augen zu verfolgen, das Angelgerät in den Händen. Es war schön, der Mutter beim Wollewickeln zu helfen und selbst ein kleines Muster in einen Topflappen zu stricken, einen röhrenden Hirsch. Das paßte zu Tirol. Ein Geschenk für Elsa, die nun auch einmal Ferien machte.

Und endlich, eines Tages, wurde Beate wieder hineingeworfen in ihr tägliches Leben: Bus oder Zug, Schule, Sandra. Pünktlichkeit. Daniel und Radfahren. Gitarre üben und nach Mischa ausschauen.

Er stand bei den Buden und schaute zu, wie sie wieder abgebrochen wurden. Solo. Meine Güte, hatte er denn keinen Freund? Ein Mädchen brauchte er nicht. Sie war ja da, für ihn da. Bloß wußte er es leider nicht. Noch nicht.
Sie könnte ihn aus seiner Einsamkeit reißen, mit Leichtigkeit: Warte mal, du, ich hab' eine Idee. Oder: Fahren wir los, ja? Oder neben ihm auf einer Bank in den hinteren Anlagen sitzend und ihm tolle Sachen vorschlagen. Ausgedachte. Fantastische. Ob ihm das gefiel? Daniel hatte es immer gefallen: Fahren wir übers Meer oder fliegen wir per Drachen von den Bergen! Bauen wir uns eine Hütte am Strand und essen rohen Fisch, den wir mit den Händen gefangen haben. Graben wir uns in den Sand ein und schwitzen wir die vergangenen einsamen Tage aus der Haut. Es geht, Mischa. Mit Fantasie geht es. Einfach alles geht.
Sie fuhr mitten durch die Gruppe, die bei den Buden stand und glotzte. Sie schrien ihr nach, aber Mischa hatte sich nicht gerührt. Schnell war sie im nächsten Dorf. Auf der ebenen Straße ließ sie ihr Rad Kilometer fressen wie Bonbons. Dann die Rückkehr. Sie war mühseliger, Beates Beine wurden schwer, das Pedaltreten immer langsamer. Sonderbar. Sie war plötzlich niedergeschlagen. Ob er noch allein auf dem Markt stand? Bei den Buden? Ob die schon restlos abgebrochen waren? Fort, alle fort?
Der junge Doktor überholte sie. Er hatte Hausbesuche gemacht und hielt nun ein paar Meter vor ihr an. Er stieg sogar aus: »Soll ich dich mitnehmen? Dein Rad paßt bestimmt in meinen Kofferraum.«
»Nein, danke. Vielen Dank. Ich kann selbst . . .«
Sie sah ihm nach. Er ist nett. Ihm hätte ich den ganzen Murks mit Mischa erzählen können. Der hätte das verstanden. Der kommt viel unter Leute. Er weiß, was sie denken. Wenn sie krank sind, sind sie offener. Sie bauen auf seine Hilfe. Sie vertrauen ihm. Ich bin auch krank. Ich könnte ihm alles an-

vertrauen. Müde. Unglaublich geschafft. Und sie hatte nicht die geringste Lust, zu Hause anzukommen. Immer dasselbe: Abendessen. Abräumen. Schultasche packen. Lesen. Ein Spiel: Mauscheln oder Piratenschach mit Dani. Nacht, Mama. Nacht, Papa. Nacht, Dani.
Denken. Schlafen. Aufwachen. Wieder denken und sich endlich im Schlaf verkriechen.
Am selben Abend beschloß sie, einfach einen Brief an ihn zu schreiben. Das war direkt und nicht »dazwischen«. Text ungefähr so:

Lieber Mischa!
Wundre Dich bitte nicht über diesen Brief. Aber ich habe Dich sehr gern. Aus diesem Grund wäre ich gern öfter mit Dir zusammen.
Könntest Du mir durch Daniel oder Marietta (nicht durch die Post!!) eine Rückantwort geben? Du mußt, weil ich sonst schrecklich leide. Kümmre Dich um mich. Bitte.
Beate

Angriff ist die beste Verteidigung. Sie ist eine Strategie. Vater redete manchmal so. Also, das war ein ehrlicher und anständiger Brief. Mischa konnte antworten oder nicht. Aber die Sache war dann wenigstens klar. Keine Antwort wäre auch eine Antwort.
Und es kam alles ganz anders als gedacht: Beate war statt Elsa in den Supermarkt gegangen. Wie gern nahm sie es Elsa ab. Die hatte im Garten noch viel zu tun, und Gartenarbeit liebte Elsa. Frische Luft. Umgraben, Büsche ausschneiden und die Wege zum letzten Mal vor dem Winter sauberhacken. Alles das, was weder Papa noch Daniel so gut wie sie verstanden. Mutters langen Einkaufszettel hatte Beate in der Jackentasche. Wenig Leute in dem großen Laden, der ein Tanz- und Theatersaal gewesen war. Sie fing bei den Waschmitteln

an: Kein Kochen. Nur sechzig Grad. Ein Doppelpaket. Für Daniel und Vater Milch, zwei Liter. Die tranken das literweise. Nudeln. Welche? Spirelli? Breite? Spaghetti? Makkaroni? Am besten von jeder Sorte ein Pfund. Sojamehl. Wo stand das wohl? Es gehörte zu Mamas Schlankheitsdiät. Alle Mütter haben diesen Fimmel: nur nicht dick werden. Dann Seife, mittlere Sorte mit Meerwasserduft. Die Flasche mit dem Bademittel war hübsch. Dunkelblau mit schickem Etikett. Hackfleisch, halb und halb, für die Kohlrouladen, die Papa Krautwickel nennt. Vierhundert Gramm. Zwei Pfund Zwiebeln. Oder nur eins? Mehr ist besser. Die Fünf-Kilo-Säcke waren am preisgünstigsten. Zwiebeln braucht man immer. Der Wagen war voll.
Ach, das Brot. Einen Fünf-Pfund-Laib. Daniel aß zur Zeit schrecklich viel, sogar noch im Bett. Butter. Paß auf die Preisunterschiede auf, Beate! Die für 1,88 DM nahm sie nicht. Restbestände von dem sagenhaften Butterberg. Vitamin A war wichtig. Also die bessere in Silberfolie. Kefir. Quark. Saure Sahne. Fertig.
Endlich kam das, was ihr am meisten Spaß machte: die Textilabteilung. Der Strumpfhosenständer. Mit oder ohne Zwickel? 30 oder 20 den? Was bedeutet »den«? Bisher hatte es ihr niemand erklären können. 20 den war schicker. Marietta trug grundsätzlich ganz dünne 20er. Wenn sie überhaupt welche trug. Eigentlich nur Slips unter den Jeans. Slips – da lagen sie. Eingefaßt mit schmaler Spitze, an der einen Seite leicht geschlitzt. Daneben die Hemdchen, dazu passend. Aber zu teuer. Sandra trug ähnliche Wäsche. Vor dem Sport zogen sie sich ja immer in der Kabine um und sahen sich. Sandra hatte ihre Wäsche aus einem schicken Laden. Spezialgeschäft. Noch teurer.
Beate hielt das Hemdchen an: süß! Sexy, sagten sie dazu. Sie war nicht »sexy«. Weit entfernt davon. Mit fünfzehn, fast fünfzehn, wäre es allmählich angebracht, sexy zu sein.

Sorgfältig legte sie das Hemdchen wieder auf den Stapel zurück. Den Slip legte sie mit in den Einkaufswagen. Die meisten, die sie besaß, waren schon etwas verwaschen. Mama mußte es begreifen. Dieser war fest, neu, hübsch.
Links im Schaufenster lagen die Babysachen. Flockig, leicht. Zum Kuscheln und mit angestricktem Mützchen. Rosa, hellblau. Wie entschied sich eine werdende Mutter? Wie hatte Mama sich entschieden? Gelb. Gelb war die sicherste Farbe. Beate würde später einmal gelb wählen. Praktisch.
Alles angefaßt und wieder zurückgelegt. Vorsichtig. Die Kassiererin schaute schon.
»Hier treibst du dich rum?«
Mischa! An ihn hatte sie komischerweise jetzt gar nicht gedacht (und sonst doch immer!).
Er sah erst sie an, dann ihren aufgetürmten Wagen. »Flott. Macht ihr euch winterdicht?«
Er grinste, und seine hellen Augen, das sich in die Stirn lokkende Haar, sein ganzes urplötzliches Auftreten waren fast mehr, als sie verkraften konnte. Warum war er so verflucht spöttisch? Immer. Er erstickte jede vernünftige Antwort. Man kam in Alarmstufe zwei. Ein Glück, daß sie den Brief noch nicht – und nun wahrscheinlich nie – abgeschickt hatte. Sie wurde aggressiv: »Und du? Trödelst auch hier rum. Wo hast du denn deinen Wagen?« Sie schob ihren so schnell vor, daß sie ihn anrempelte, Absicht oder nicht.
»Paß doch auf.«
»Geh aus dem Weg!« Statt einer Antwort nahm er ihr den Wagen einfach ab und schob ihn zur Kasse. Sie hinterher, angstvoll: Wenn bloß mein Geld reicht. Hätte ich doch bloß nicht den Slip . . .
Das Kassenfräulein addierte DM 32.11. Beate vergriff sich in ihrem Portemonnaie. Sie zählte: Fünf Mark. Sieben, neun, zehn, zwanzig. Elf Pfennig. Sie legte das Geld auf das Laufband. Ein Markstück rollte in den Schlitz daneben.

Mieser Laden war das hier. Sie fing an zu schwitzen, und Mischa tat noch immer so, als ginge ihn ihre ganze Kalamität nichts an. Es fehlten genau zwölf Mark, die weggerollte nicht mitgerechnet.

»Ich könnte den Slip und die Zwiebeln hierlassen. Die Sachen später abholen.«

»I wo, Beate. Wir kennen dich ja, und wenn deine Mutter oder Elsa einkaufen kommen, bezahlen sie den Rest.«

Ja, danke. So ging es.

Die Leute hinter ihr drängelten, Mischa grinste wieder: »Hier, hier ist eine Mark.« Er hielt sie ihr auf der ausgestreckten Hand entgegen. »Bitte schön.«

Wortlos verstaute sie den Einkauf in ihrem Korb, den Sack Zwiebeln in der uralten Stofftasche, die schon ausfranste.

Sie schämte sich: für sich selbst. Für ihre Mutter, die ihr nicht genug Geld mitgegeben hatte. Sie schämte sich vor Mischa. Wie gern, ach wie gern hatte sie ihn einmal unverhofft treffen wollen! Hatte sich die schönsten Möglichkeiten ausgemalt. Im Café zum Beispiel oder in der Boutique am Markt, in der sie gerade ihr Traumkleid anprobierte und mit einer neuen Frisur vor den Spiegel trat. Nein, wie schön! Ach, wie apart! Wie für dich gemacht! Auf den Leib geschneidert. Träume! Träume! Denn was sollte Mischa wohl in einer Damenboutique? Träume lassen alles zu. Die schönsten und unerwartetsten Dinge lassen sie Wirklichkeit werden, wenn auch nur für eine kurze Zeit.

Aber hier mußte sie ihn treffen! In dem nüchternen Supermarkt, mit zu wenig Geld und blamiert wegen des affigen Slips. Peinliche Umstände! Der ersehnte Treff ein Mißerfolg. Vergiß es. Schlicht und ergreifend! Vergiß es!

Wenigstens grinste er nicht mehr, war auf einmal vernünftig und sagte ruhig: »Warte, ich helfe dir. Das kriegst du ja nicht allein weg.«

Nein. Sie glaubte das auch nicht.

Schweigen. Jeder trug zwei volle Tüten. Auf dem langen Heimweg sagte er nur: »Eßt ihr so viel Zwiebeln?«
Ihr fiel nicht einmal eine einzige, noch so blöde Frage ein. Etwa: Schönes Wetter heute, wie? oder: Wie geht es in Latein? Alles läppisch. Nein, sie schwieg lieber. Jungen müssen Nerven haben wie Stricke. Er sah geradeaus, und in ihr zitterte es. Sie wollte, sie mußte ihm gefallen!!
Das »Dazwischen« fiel ihr ein. Marietta, wärst du hier! Ich habe kein Glück mit Jungen. Wie machst du das bloß? Gibt es noch was, was Geheimnisvolles, was jedes Mädchen selbst erraten muß?
Ich errate es nie. Aber es war trotzdem schön, neben ihm zu gehen. Gleich würde er sich verabschieden. Irgendetwas Freundliches wollte sie ihm sagen. Gedanken schossen wie kleine Raketen durch ihren Kopf. Keine landete in ihrem Bewußtsein und wurde spruchreif.
Elsa öffnete. Beates Fragen überstürzten sich: »Ist Dani da? Mama? Ich bringe jemanden mit. Und wir müssen morgen noch zwölf Mark bezahlen.«
Daniel war nicht daheim. Verdammt. Er hätte die Situation gerettet. Er war jetzt öfter weg. Mal mit Willo, mal mit Sandra. Beate hatte es ja gewollt, daß er selbständig wurde. Aber nun störte es sie. Auf keinen Fall durfte sie ihren Bruder an andere abgeben. Sonst stand sie ganz allein da. Wenn Mischa bloß das kapierte!
»Kommst du mit rein?« fragte sie mit gepreßter Stimme. »Du kriegst doch noch die Mark.«
Hatte Elsa keine? Wollte er warten, bis Mutter kam, oder sollte sie zu ihrem Vater ins Dienstzimmer und das Geld dort abholen?
»Ich warte«, sagte er.
Sie standen im großen Wohnzimmer. Sie zeigte auf das Bild: »Das ist meine Ururgroßtante. Clara. Schon lange tot.«
So ein Blödsinn! Natürlich war sie längst tot.

Er warf einen flüchtigen Blick auf das schicksalschwangere alte Foto und nahm wortlos Beates Gitarre vom Haken.
»Spiel was!« Sein Ton war sachlich-trocken.
Gut – ja. Seinen Gästen mußte man die Zeit vertreiben.
Sie setzte sich mit gekreuzten Beinen auf den Klavierhocker und strich sanft über die Saiten. Was bloß? Unter seinen Blikken konnte sie bestimmt nicht fehlerfrei spielen. Nur mit Mama zusammen. Da klang es gut. Und er stand so verdammt dicht hinter ihr.
»Willst du nicht Platz nehmen?« Er setzte sich auf den Teppich und kreuzte ebenfalls seine langen Beine.
Was bloß? Warum war Daniel nicht da? Ihr Blitzableiter. Allein mit Mischa. Schrecklich erhofft. Schrecklich gefürchtet.
»Greensleeves?«
Gut, auch das.
Sie strich wieder über die Saiten. Die Gitarre war verstimmt. Hörte er das nicht auch?
Nein. Er war vollkommen unmusikalisch.
Ein Glück! Er hörte also die Mißtöne nicht. Sie rasselte das Lied herunter und schaute auf.
Er erhob sich mit einem Schwung: »Gib her. Ich kann sie stimmen.« Er drehte an den Knöpfen und hielt sein Ohr ganz nahe an den Gitarrenkörper.
»Hier.«
Er hatte gelogen. Er war musikalisch. Er führte sie mit Genuß aufs Glatteis. Ach, wenn doch die Welt kurzfristig ein bißchen unterginge.
Aber dann, wie durch Zauber, kam die echte, entschlossene Beate in ihr durch. Sie vergaß den hockenden Zuhörer, den Lügner und Täuscher, und spielte ihr Lied ohne Worte. Sie fühlte, daß sie es noch nie so schön gekonnt hatte.
»Text?«
Sie schüttelte den Kopf: »Hat keinen. Aber man kann es summen.« Sie spielte es viermal ohne Pause, und er summte mit.

Im Zimmer war es dunkel geworden. Er saß auf dem Boden, sie spielte und summte, und er summte mit.
Plötzlich begann er zu reden, wie vor sich hin. Wie nebenbei: »Ich beobachte dich gern. Du hast etwas an dir, ich würde sagen: etwas Rührendes, das zu deinem anderen Wesen eigentlich nicht paßt. Wenn Du die Forsche spielst. Die, die immer vornedran ist. Das hasse ich. Manchmal hast du so ein ‚Die-Welt-gehört-mir-Lächeln'. Aber wie du zum Beispiel etwas in die Hand nimmst. Es wieder zurücklegst. Vorsichtig. Etwas ungeschickt. Wie du etwas betrachtest und man dir ansieht, wie gern du es hättest, aber nicht haben darfst . . .«
Er kennt mich. Er kennt mich gut. Er sagt es so, wie ich es am liebsten hören möchte. Er macht keine Umwege.
»Weißt du, es sind nicht die großen Worte oder Taten, an denen man einen Menschen erkennen kann. Es sind kleine, winzige Dinge. Eine Handbewegung, ein Kopfwenden. Sein Gang, wenn er sich unbeobachtet glaubt. Die Art, wie er sein Haar glattstreicht oder ein Buch öffnet. Wie du mich jetzt anschaust. Wie sich die kleine Rinne über deiner Nase bildet, wenn du nachdenkst. Wie du jetzt über mich nachdenkst.«
Er sagte das alles beinahe tonlos, gleichgültig. Genau so, wie man redet, wenn man es auch meint. Ohne Show.
Und was hatte sie, bitte, jetzt eben über ihn gedacht? Wußte er das auch?
»Natürlich. Ich weiß, daß du gern mit mir zusammen bist. Jetzt, wo dein Lampenfieber sich verzogen hat. Früher hattest du Angst vor mir, stimmt's? Du kannst dich schlecht verstellen, denn du bist ganz ehrlich. Du bist beinahe schutzlos. Man kann dich sehr schnell sehr verletzen. Du besitzt zu wenig Schutzmöglichkeiten. Oder du bist eben auch manchmal nur die Trallalala-Beate. Ich sagte es schon einmal, glaube ich. Das hasse ich.«
»Ja. Dafür hätte ich dich umbringen können. Auf der Eisbahn. Damals im ersten Winter.«

Er hörte zu. Es war so schön, von gehabten Schmerzen zu reden. Nun war alles gut: sie sprachen sich aus. Er mochte sie. Er bemühte sich, sie zu verstehen. Der Anfang der Liebe. Glück. Kein Brief mehr nötig.
Das helle Licht der Diele stach in das Zimmer: »Ihr seid hier im Dunkeln?« Der Vater knipste die Deckenleuchte an.
»Ich muß jetzt los«, sagte Mischa. »Morgen komme ich wieder. Zur Lateinstunde.«
Glück! Vorbei alle Zweifel.
Was hatte sie noch heute morgen gedacht? Nie von daheim fortgehen? Unterm Schutzdach bleiben? Umhüllt von einem Netz? Immer geknüpft an das Zuhause?
Innerhalb weniger Stunden hatte sich das geändert. Mit Mischa zusammen alles wagen. Was und wohin er nur wollte. Er kannte sie, er hatte sie in Liebe beobachtet. Stück für Stück. Sandkorn für Sandkorn. Ich werde euch eines Tages alle verlassen und ihm folgen. Tut mir leid, weint bitte nicht. Ein zarter Faden bleibt, und ab und zu kommen wir wieder.
Was für Pläne hatte er nach dem Abi? Es sollte ihr nächstes Gesprächsthema sein. Ich bin glücklich. Nicht von Natur, nicht von Geburt her. Ich bin glücklich durch ihn. Aber ich werde vorsichtiger sein als Clara. Mischa und Robert? Ha! Kein Vergleich.
Glück, liebe Mama und liebster Papa, ist nämlich nicht angeboren. Das ist ein Schmarrn.
Glück ist ein Wunsch. Es ist ein Geschenk.

Was war in Marietta gefahren? Sie begann, für die Schule zu arbeiten und verließ sich nicht mehr auf das Abschreiben aus Beates Hausheften. Sie schwänzte die Schule nicht mehr. Sie mußte wirklich krank sein. Seelisch. Kein Halsweh, kein verdorbener Magen? Irgendwas war mit ihr passiert. Seelisch.
Die gräßlich kleingewellte Lockenfrisur hatte sie gerade ziehen lassen. Man kann das mit einer scharfen Flüssigkeit. Für wen stand sie eine derartige Prozedur aus?
»Warum?« fragte Beate leise. Sie hatten Reli, und es war von irgendeinem Innozenz die Rede. »Los, sag's!«
»Ich heirate.«
Es kam aus Mariettas Mund wie ein Salutschuß aus den sieben Bergen bei den sieben Zwergen.
»Du?« Und noch einmal: »Du?« Die doppelte Frage klang beleidigend. Es war egal. Marietta nahm selten etwas übel. Zu ihr konnte man sein, wie man wollte.
Die hatte 'ne Menge »Schutzmechanismen«. An der glitt fast alles ab.
Ein Mann fürs Leben! Der arme Kerl. In ein paar Wochen betrog sie ihn. Klassisch.
»Komm«, sagte Beate auf dem Heimweg, »wir gehen zu uns auf den Boden. Im Zug kann man ja nicht quasseln. Feind hört mit. Also: komm!«

Sie legten sich in die verschlissenen Sessel.
»Wer?«
»Der Jerry.«
Beate feixte. Sie hatte ja gleich gewußt, daß Marietta dick schwindelte.
»Lach nicht so albern. Wir tun es wirklich.«
Beate wurde rot. Sie hatte längst geahnt, daß Marietta »es« tat. Und nun war eben Jerry dran. Keiner hielt viel von ihr.

Oberflächlich, leichtsinnig. Nicht gesellschaftsfähig. Eine Misfit. Ein Film hieß mal so. Der mit der Monroe. Irgendwie war Marietta ihr ähnlich. Hatte sie's nicht vor einem Jahr schon mal mit dem Jerry gehabt? Auf der ersten Kirmes? Als er half, die Tische und Bänke aufzustellen, und vor ihr stand und rumdruckste? Waren sie nicht auch eher weggegangen? Hm? War es so?

Marietta nickte nicht einmal: »Wir heiraten gleich nach Weihnachten. Dann bin ich siebzehn, meine zehnte Klasse habe ich ja schon seit Herbst. Das wollten meine Alten.«

»Du bist in meiner Klasse. Wieviel Ehrenrunden hast du denn gedreht?«

Zwei. Zufrieden?

Natürlich. Wenn es ihre Eltern auch waren. Und der Jerry, konnte er sie ernähren?

»Jeremias macht jetzt seinen Konditor. Den Meisterbrief schenkt er mir zu Weihnachten.«

Jede Antwort kam prompt und bestimmt. Sie kaute nicht einmal mehr Kaugummi.

»In der Zwischenzeit ist unsere Bäckerei fertig. Ich freu mich, du. Dann bin ich den ganzen Schulmist los und habe das Gequatsche der Eltern vom Hals.«

Mißtrauisch fragte Beate: »Liebst du ihn?«

Die Antwort war indirekt: »Wir freuen uns auf unsere Selbständigkeit. Weil wir dann was sind.«

»Liebst du ihn?« wiederholte Beate, »nach dem, was du vorher . . . und weiß er das?«

»Natürlich. Aber es ist ihm gleichgültig. Ich bin ja auch nicht seine erste. Er will mich. Mich. Das war noch nie so. Endlich der richtige.«

Keine Umschweife. Jerry und Marietta. Wie schnell war das gegangen! Oder hatte Beate den Anfang der Story nicht mitgekriegt, sie nicht und nicht Sandra, und Gila auch nicht. Niemand.

»Kinder wollen wir vorläufig nicht, weil wir im Aufbau sind. Wir planen eine Kaffeestube. Jerry ist topfit, sage ich dir.«
Im Dunkeln griff Beate nach ihrer Hand. »Jedenfalls wünsche ich dir alles Gute. Daß alles ganz so wird, wie ihr's euch wünscht.«
Marietta, die sonst ohne Punkt und Komma zu reden gewohnt war, sagte nur: »Danke.«
Beate wollte aufstehen. Allmählich wurde es hier oben lausig kalt. Sie schauerte.
»Ich hatte dich immer sehr gern«, sagte Marietta in den leeren Raum hinein, »obwohl ich spürte, daß du nicht sehr viel von mir hältst. Weil ich doch in der Schule immer auf der Rücktrittbremse stand, und weil . . . und weil ich doch immer mit Jungen rumzog. Ich habe ja nicht so'n tipptoppes Elternhaus wie du. Wo sich alle wahnsinnig gernhaben und aufeinander aufpassen, und wo es miese Wörter gar nicht gibt. Mein Vater ist ein ziemlicher Rabauke, aber er meint es nicht so. Und Mama, nu' ja, die klatscht gern und hebt ab und zu einen. Aber man merkt es bloß, wenn man's weiß. Is' nich' so doll mit meinen alten Herrschaften, weißt du.«
Nett von ihr, daß sie mal auspackte, was eigentlich jeder in der Klasse wußte.
»Aber Jerry«, fragte Beate vorsichtig, »warum den? Er ist kein bißchen hübsch. Entschuldige. Die anderen, vorher, die waren viel schicker.«
Ja, das stimmte.
»Du machst es, weil du von zu Hause weg willst. Gib's zu.«
»Nein. Ich könnte das ruhig noch eine Weile ertragen, ein oder zwei Jahre, den Krach von Papa und das Gequatsche von Mama. Das macht mir nichts. Und meine sechs Klassen hab' ich.« Sie rückte näher. »Ich durfte ja nie einen mit nach Hause bringen. Bloß zum Plattenhören.«
Nichts Heimliches. Das war ihr einziges Limit.
»Aber ‚unheimlich heimlich' machtest du's, ja?«

Klar. Wenn sie schliefen. Da merkten die nichts. Wir waren dann in meinem Zimmer, hörten eben Platten und . . .«
»Und?«
»Frag nicht so dumm: natürlich. Ich wußte immer genau, wen ich mir besser vom Leibe hielt und wen nicht.«
Zum Beispiel wen nicht?
Das wußte Mariette nicht mehr. Vergessen. »Aber mit dem Jerry war es dann anders. Der wollte gar nichts. Und ich hätte mich geschämt. Er ist so gut zu mir wie noch kein Mensch. Der wollte sich mit mir nicht amüsieren wie die anderen. Der wollte erzählen. Von seinen Plänen reden, und ob ich Lust hätte, mitzutun. Er hat so was Sicheres, so was Beständiges. So ist der.«
Ja, das konnte Beate verstehen. Seit kurzem konnte sie das.
»Du, Beate, ich habe beobachten gelernt. Meine Eltern ließen mich ja ziemlich frei laufen. Da warste selbständig. Da kriegste 'n Urteil über Menschen. Über alles. Da mußte dich kümmern. Das ist viel besser, als wenn sie immerfort sagen: Das und das und das darfst du nicht. Verstehst du?«
Nicht ganz. »Bei uns gibt es feste Regeln. Wie man sich benehmen soll. Das ist wie ein Wegweiser. Aber natürlich . . . aber natürlich haben wir auch einen Freiraum.«
Marietta zuckte die Schultern. Hm. Ach so. Sie verstand es auch nicht ganz.

Es war wirklich sehr kalt hier oben. Der Wind pfiff durch die Ritzen. Sie kletterten die wacklige Treppe hinunter und zogen ihre Jacken fester. Marietta legte den Arm um die kleinere Beate: »Der Jerry ist für mich wie ein Fels im Meer. Ich las das mal. Es trifft genau zu. Bei ihm bin ich ganz sicher und doch so, wie ich bin oder wie ich immer sein wollte. Da brauche ich keinen Kaugummi. Haste schon gemerkt, was? Der glaubt mir, daß ich was kann. Der glaubt mir sogar, daß ich ihm treu sein werde.«

Hatte sie ihm denn vorher schon mal angeboten, »Platten zu hören«?
Klar. »Haben wir. Ich dachte, wird er frech, war es nix. Bleibt er ordentlich, is' es was. Und er hat den Test bestanden.« Sie gluckste leise.
Marietta, ein wandelnder Leitfaden für Leben und Liebe. Es war nur eigenartig, daß sie das Wort »Liebe« nicht in den Mund nahm. Sie hatten alle in der Klasse keinen blassen Schimmer von ihr gehabt. Und Marietta wohl selbst auch nur ahnungsweise. Bis der Jerry auftauchte. Glück! Glück ist ein Wunsch und ein Geschenk. Es kommt langsam, wenn es kommen will. Man kann's nicht fordern.
Es zog auch im Hof fürchterlich. Sie schlüpften durch die Hintertür in den Hausflur.
»Ich komm' ein Stück mit.«
Aber sie waren kaum auf der Straße, als Jerry sich vor ihnen aufbaute. Ohne Zweifel hatte er vor dem Haus auf Marietta gewartet. Er schaute Marietta an und sie ihn. Plötzlich hatte er etwas Hinneigendes, Neues im Blick, und ihr Gesicht wurde weich und offen.
»Das ist Jerry. Das ist Beate.«
»Angenehm.« Lustig. Denn sie kannten sich ja längst.
Marietta hätte beinahe gesagt: Das ist mein Mann. Das ist meine Freundin.
»Ietta, ich warte schon lange auf dich. Wir müssen zum Bau. Die haben das Dach jetzt drauf. Morgen ist Richtfest. Und deswegen«, er sah Beate an, »deswegen mußte ich stören.« Seine schmalen Augen lächelten. »Tut mir leid.«
Machte nix. Nicht der Rede wert. Marietta hing an seinem Arm. »Wir redeten nur ein bißchen.«
Dann tuschelten sie miteinander, und Jerry trat vor. »Wenn du willst . . . wir meinen, wir würden dich gern zu unserer Hochzeit einladen.«
Wann, Marietta?

»Nach Weihnachten, wenn alles fertig ist. Fertig installiert. Sagte ich ja schon.« Dann leiser: »Hat es geklappt, das mit Mischa?«
Auf einmal lagen sich die Mädchen in den Armen. Halb lachend, halb weinend sagte Marietta: »Wenn du magst, Kleine, kannst du zu uns kommen, sooft du willst. Und Torte und Eis natürlich gratis für dich. Nicht wahr, Jerry?«
Jerry meinte das auch.

Marietta hatte es geschafft. Aus einem flatterhaften Mädchen war eine junge Frau geworden. Die weiß jetzt, wo's langgeht. Jerry ist einfacher, unkomplizierter. Aber der Mischa ist schwierig. Was mache ich bloß?
Beate sah ihn lange Zeit nicht. Nach den Nachhilfestunden war er stets schnell weg. Immer hatte er's eilig. Nie Zeit. Ein einziges schönes Gespräch war zufällig einmal zustande gekommen, und das war drei Wochen her. Woran lag das? War sie auch schwierig? Woran lag es bloß, daß sie wirklich stumm wie ein Fisch wurde, wenn sie ihn nur von weitem sah? Ihr ganzer Witz, ihre lustigen Einfälle waren beim Teufel. Falsch erzogen? Glückskind! In einer glücklichen Haut! Hat sich was. Ihr habt mir das Etikett bloß aufgeklebt. Ihr hättet mich auf jeden Fall umpolen müssen.
Es liegt an der Kindheit. Sonnige Kindheit. Und so lieb und so fröhlich. Und immer guter Laune. So war's doch, was?
Seine Kindheit bekommt eben jeder über den Kopf gestülpt wie einen Eimer. Nun sieh mal zu, wie du ihn wieder loswirst. Tut mir leid, und ihr habt es natürlich gut gemeint, Papa, Mama. Aber das Ergebnis ist mies: ich mache alles das falsch, worauf es mir ankommt. Das habt ihr nicht berechnet. Ich habe kein Glück. Jetzt nicht mehr.

Die letzten warmen Oktobertage nützten sie für eine Radtour, und es war beinahe wie früher. Beate und Daniel zusammen. Waren sie nicht toll gewesen, ihre Abenteuer? Ihre verrückten Versuche, Mut und Geschicklichkeit zu beweisen? Daniel, der willige und gelehrige Schüler?
Note »gut bis sehr gut«: »Wie du mich aus dem Loch gezerrt hast und ich keinen Finger gerührt habe. Wie du von dem Pferd gefallen bist.« Die Rettung beim Mühlbach war ernst gewesen, aber Daniel wußte es nicht. Sie hatten nie darüber gesprochen. Auch die Verbrennung von Claras Tagebuchblättern hatte er für einen Spaß gehalten, und ihren Sprung über das Gleis für typisch Beate. Mutwillig und frech.
Dani, es war anders. Es war eine wahnsinnige Mutprobe, die dich schon gar nichts mehr anging.

Sie hatten sich beide verändert. Ihr war es bewußt. Sie brauchte ihn nur anzusehen. Sein Gesicht war länger und schmaler geworden, seine Augen wacher und manchmal so ironisch-überlegen wie Papas. Manchmal. Er ließ sich nicht mehr so leicht überreden. Wenn er jetzt nein sagte, blieb er dabei. Fiele sie jetzt in ein Loch, würde er sie glatt drinlassen, weil sie ihn ja doch nur auf die Schippe nahm. Also, das kam ab sofort nicht mehr in Frage. Klar, Dani?
Er konnte ihr nicht antworten, denn er hörte ihre Gedanken nicht. Eine Kunst, die er wahrscheinlich nie erlernen würde. Daniel nicht.

Also nun los! Sie waren beide in Hochstimmung, und bei Beate hatte es einen wunderbaren Grund: Mischa hatte sie nach der Schule nach Hause begleitet. Sein Moped war in der Werkstatt? Ach so. »Nett, daß du mir die Tasche trägst. Und du willst wirklich bald fort?«

»Natürlich. Ich bleibe doch nicht ewig in dem kleinen, belämmerten Nest. Raus will ich.«
Klar. Ins große Abenteuer. Sie verstand es, aber glaubte ihm kein Wort. Ein Jahr noch. Bis zum Abitur. Das jedenfalls war doch sicher?
»Ich gehe, sobald ich kann. Dorthin, wo meine Eltern sind.«
Aha. Natürlich. Die waren in so einem Krisengebiet. Als Arzt und Krankenschwester. In Afrika oder Asien?
»In Asien. Dort wird jetzt jeder gebraucht.«
Natürlich. Eine aufregende Unterhaltung. Er war wie immer kurz angebunden. Sie war es allmählich gewöhnt. Es war gut so, wie er war. Es gefiel ihr. Sprüchemacher konnte sie noch nie leiden. Weil du so bist, wie du bist, mag ich dich unwahrscheinlich gern. Einmal wirst du es erfahren. Zur rechten Zeit. Sie hoffte sehr, daß sie die rechte Zeit erwischte. Dann war alles klar, nicht wahr? Natürlich.

Dani. Sie flogen wieder übers Land. Oktobersonne ist das Schönste, was es gibt. Es ist Abschied darin. Erste Warnzeichen vor dem Winter in der Luft. Sie wollten es noch einmal in sich aufnehmen, das Bild der Landschaft, die ihnen nun schon gehörte. Die sich um ihre Stadt breitete. Sie wollten sie umfangen, ehe die Herbstregen kamen, die sie verwandelten. Der Schlamm, der Schmutz, der sie ihnen entfremdete. Ehe die Welt erstarrte, die Igel den Winterschlaf begannen und die Vögel sich in die Nähe der Häuser wagten.
So fuhren sie im Glast des Mittags dahin. Vorbei an den kleinen Dorfkirchen, deren letzter Uhrenschlag immer wie ein Seufzer klingt.
Sie blickten hinauf zu den großen Ziffern, bei denen die Zeiger angekommen waren, wenn sie vorüberfuhren. Sie wollten das alles noch einmal sehen, in sich bergen über den langen Winter hinweg.
Dann Pause.

Sie setzten sich auf den Wasserdurchlaß im gelb übergrasten Straßengraben. Puh, das reichte erst mal.
»Die Steigung war mindestens fünfzehnprozentig.«
»Quatsch. Höchstens zehn.«
Schweigen. »Denkst du noch manchmal an sie?«
»An wen?«
»An die Anni, die Ursula. An deinen Tadeuz.«
»Nein. Kaum. Eigentlich überhaupt nicht mehr. Du?« Er sah sie forschend an. »Ist doch kaum noch wahr. Oder kannst du es nicht loswerden?«
Unsinn. Natürlich konnte sie es. »Wenn ich lerne oder lese oder mit Mama übe. Dann ist es weg. Dazwischen überfällt es mich. Auch im Traum. Ekelhaft. Ich hasse das.«
»Ja. Ekelhaft. Wie ein wildes Tier, was?«
»Weiß nicht. Ich denke oft, es ist ihnen so mies ergangen, sobald sie über vierzehn waren oder so. Irgendwie finde ich das grausam. Erst Kinder, und dann gleich so etwas. Das Netz war kaputt.«
Daniel schaute seine Schwester verständnislos an. Plötzlich sprang sie auf und warf die Arme hoch, als ob sie die Wolken erreichen wollte. »Holt mich, holt mich«, schrie sie.
Sie war verrückt geworden. Denn gleich darauf fiel sie neben Daniel ins Gras und sagte leise: »Ich will das nicht. Ich will das nicht, ich habe Angst.«
Er streichelte ihren Rücken: »Komm schon. Komm. Ist doch alles gut. Wir haben Papa und Mama und das Haus, uns . . .« Er dachte einen Augenblick nach: »Tut es dir nicht sehr gut, nach Hause zu kommen und das Licht hinter den Fenstern zu sehen? Wenn Mama dann sagt: ‚Na, da seid ihr ja wieder!' oder wenn Papa dich anlächelt und fragt: ‚Wie war's, Augusta?' und du das überhaupt nicht leiden kannst? Bist du da nicht glücklich?«
Sie schüttelte den Kopf: »Zu wenig, Dani, zu wenig. Ich will mehr. Aber ich werde es nicht bekommen, das fürchte ich. Ich

bin bloß zufrieden. Zu-frie-den ist ein gräßliches Wort. Es deckt irgendetwas viel Wichtigeres nur zu. Es ist, glaube ich, ein Wort für alte Leute. Bei denen ist eben schon alles gelaufen, gut oder schlecht, und sie sagen: ‚Ich bin's zufrieden. Alles war gut und richtig.' Da läuft das Leben wie Sand durch die Eieruhr. Man stülpt sie um, und weiter geht's. Wie gehabt.«

Lieber Himmel. Was wollte sie denn bloß? »Es liegt doch noch alles vor uns. Wir wollen es erwarten.«

Ja, er! Er war so. So anders. Innerlich so ruhig. Fast wie ein Erwachsener.

Sie war ungeduldig. Gefährlich ungeduldig. Immer konnte man sie nicht schützen. Eines Tages trennen wir uns, Beate. Wer wird dann meine Rolle übernehmen? Ich habe dich schrecklich lieb. Aber du und ich, wir werden verschiedene Wege gehen. Sandra ist einfacher, viel leichter zu verstehen. Sie gibt mir nicht dauernd Rätsel auf.

Er wollte aufstehen: »Komm, lassen wir uns durchblasen. Irgendwas hast du in den verkehrten Hals bekommen, Beate.«

Ja, könnte sein. Sie faßte nach seiner Hand. »Los! Unser letztes Spiel. Kriechen wir hier durch.« Sie zeigte auf das dicke Wasserrohr, das nur noch stückweise und außer Betrieb hier herumlag.

»Achtung, fertig, los!«

Auf beiden Ellenbogen schob sie sich vorwärts und verschwand in dem Durchlauf. Er zögerte. Dreckig, naß und ekelhaft war es bestimmt darin. Seine Schwester war viel schlanker und gewandter als er. Ob er auch durchkommen würde? Gut – ihr zu Gefallen.

Er holte tief Luft und begann zu robben. Eng. Verdammt eng. Als er mit dem Kopf und den Schultern schon drin war, sah er sie gerade noch am Ausgang des Rohres, das schätzungsweise dreißig Meter entfernt war. Flink wie eine Eidechse hatte sie sich durchgeschlängelt. In der Mitte blieb er stecken. Zu-

rück? Vorwärts? Was war besser? Weder das eine noch das andere schien möglich. Sie schrie durch die Öffnung, und es klang ganz hohl: »Los, komm! Mach dich dünn!«
Leicht gesagt. Er saß fest. Es roch hier drin abscheulich. Ihm wurde übel. Er spuckte ein-, zweimal aus.
Dann versuchte er sich auf die Seite zu drehen und merkte, daß er seltsam kraftlos wurde.
»Los! Mach schon!« rief sie wieder. Er sah ihr Haar in der Helle des Rohrendes flirren und dachte: Ich muß.
Es dämmerte schon, als sie ihn endlich heraushatte. Gezerrt, gezogen. Zuletzt an den Schultern und an den Haaren, damit er aufwachte. Er war völlig benommen. Er lag neben ihr im trockenen Gras und fühlte, wie ihre Tränen auf sein Gesicht tropften.
»Was ist? Was war los?«
»Ich weiß es nicht, ich weiß es nicht. Du warst einfach weg. Weggetreten. Sag bloß, warum konntest du nicht weiter?«
»Es roch so schlecht. Ich wurde ganz betäubt.«
Seltsam. Ja, seltsam.
Dann saßen sie still nebeneinander. Sie weinte nicht mehr. Sie gab ihm ihr Taschentuch, und dann wischte sie ihr Gesicht auch damit ab.
»Ist ja alles gut. Wir hatten Glück. Wir schafften es.«
Ja, du, Daniel, schafftest es.
»Ich muß verrückt gewesen sein. So einen Unsinn auszudenken. Verzeih mir, bitte. Nie mehr machen wir solchen Quatsch. Ich weiß nicht, wie es kam, daß ich es wollte. Manchmal denke ich, ich bin falsch programmiert. Von Anfang an. Papa und Mama hätten es merken müssen und mich . . . mich . . . mich anders erziehen sollen. Ich weiß nicht, Dani. Ist es so?«
Sie sah ihn flehend an.
Nein, nein. Keinesfalls. »Du bist in Ordnung. Sie haben dich so gelassen, wie du sein wolltest. Ich finde das gut. Es ist bes-

ser, daß du es jetzt selbst fühlst, daß du ab und zu etwas Verrücktes willst. Du siehst es selbst ein, nicht wahr?«

An diesem Abend war Beate sehr still. »War es schön? Wo wart ihr?«
»Ach, nur über Land. Wie immer.«
Der Vater gab sich nicht zufrieden. »Was über die Leber gelaufen, Augusta? Spuren sie nicht mehr? Deine Anbeter, meine ich.«
Anbeter! Was für ein altmodisches Wort. Aber es war genau Papas Vokabular. Und sie mochte es.
Er liebte an seiner Tochter, wenn sie so war wie Clarissa vor vielen Jahren. Still, in Gedanken versunken und scheu.
Diese Scheu, dieses ruhige Dabeisein mochten es gewesen sein, was ihm damals schon so sehr an ihr gefallen hatte, bis er sie wiederfand.
»Nichts, Papa«, sagte Beate, »es war nichts los. Kein ‚Anbeter' hat mich verlassen.«
Sie lachte ein wenig und sah ihm zu, mit welcher Genauigkeit er seine Zinnfiguren bemalte. So bedächtig, als bedenke er beinahe jeden Pinselstrich. Wie zufrieden hielt er das Brettchen hoch, ehe er es zu den anderen, schon fertigen, vor sich auf den Tisch setzte, um sofort die nächste Reihe zu beginnen. Seine Ruhe ging ganz allmählich auf Beate über, und sie fühlte sich frei von Zweifeln.

»Du warst also genau so alt wie ich, Mama, als du dich in Papa verliebtest?«
»Ja. Ein paar Monate älter.«
»Er wußte es wirklich nicht?«
»O nein.«
»Aber er interessierte sich nur für deine Schwester, für Tante Gudrun?«
»Ja.«
»Warum für die? Kann ich nicht verstehen.«
»Sie war reifer als ich. Vier Jahre älter. Das ist in diesem Alter ein Riesenabstand. Wahrscheinlich war sie sehr attraktiv. Sie wußte das wohl.«
»Das ist nicht so wichtig, Mama, glaube ich. Ich meine, das Hübschsein. Das Getue.«
»Ihm war es wohl wichtig. Ich war damals noch ganz ziellos und schwärmte ihn aus der Entfernung an. Ich schaute auch ziemlich ruppig aus. Meine Haare wollten nicht sitzen, und Pickel hatte ich überall im Gesicht. Ich sah wirklich nach nichts aus. Meine Mutter bemerkte immer wieder: Clarissa? Weder Fisch noch Fleisch.«
»Du hattest eine komische Mutter. War Großmama damals wirklich so unklug? Du sagst das nicht zu mir, nicht wahr? Es macht doch unglücklich. Ich bin nicht ‚weder Fisch noch Fleisch', oder?«
»Nein, Kind. Ich würde es nicht zu dir sagen. Weil es mich so mutlos machte. Ich hatte gar keine gute Meinung von mir selbst. Ich war sehr unsicher.«
»Das war schlimm für dich, Mama. Ich kann es gut verstehen. Mir würdest du Mut machen, nicht wahr, wenn ich mich mal verliebte?«
Die Mutter war mit ihrer Strickarbeit beschäftigt und zählte die Maschen.

»Ich glaube, du würdest zum Beispiel zu mir sagen: ‚Du bist ein nettes Mädchen, Beate'.« Oder: ‚Der ist prima, der, den du gern hast.' Das hilft bestimmt kolossal, wenn die eigene Mutter das denkt und auch ausspricht.«
»Ich werde es sicherlich tun, falls du einen Jungen einmal sehr gern hast. Natürlich nur, wenn er mir ‚echt' gefällt, wie ihr so sagt. Echt!«
Sie lächelte.
»Bestimmt? Könntest du dann auch sagen: ‚Halt ihn fest. Folge ihm und gehe mit ihm, wohin er will'?«
Beate sah gespannt in das Gesicht der Mutter.
Die legte das Strickzeug in den Schoß. »Ich glaube nicht, daß ich dir das schon bald sagen sollte. Es ist zu früh, Kind. Viel zu früh.«
»Zu früh? Was ist ‚zu früh', Mama?«
»Für mich war neun Jahre später, neun Jahre nach meiner Schwärmerei, die richtige Zeit. Ich war vierundzwanzig.«
Ein sonderbares Gespräch. Worauf zielte Beate?
»Habt ihr nicht 'ne Menge verpaßt, Mama? Du und Vater? Neun Jahre!«
Endlos. Dann erst kam es angestelzt, das Glück, das Schicksal. Was für eine Geduld hatte Mama gehabt. Beate sah das Schicksal richtig vor sich, wie es heranspazierte, stehenblieb und die arme Mutter zappeln ließ. Langweiliges Schicksal. Komm doch schneller. Beeile dich. Ich bin nämlich nicht so geduldig wie meine Mutter. Ich will es rascher. Ich liebe es, wenn es sich schnell und deutlich zeigt. Hallo! Hier bin ich. Paß gefälligst auf, du!
Die Mutter wiederholte: »Es wäre ‚echt' zu früh, Kind.«
Kind! Kind! Sie war schon lange kein Kind mehr. Sieh mich doch an, Mutter! Wie ich mich verändert habe. Alles sitzt besser. Die Blusen, die Pullis. Und mein Haar ist glänzender geworden und länger. Ich liebe es, wenn es über den Rücken fällt. Es sieht schön aus. Sag nicht mehr »Kind« zu mir. Ich

habe mich nämlich verliebt, Mama. Er ist ein hübscher Junge. Wenn ich dir das bloß sagen könnte. Aber du verstehst mich genauso wenig, wie dich deine Mutter verstand. Du bist schon zu alt für mich. In dieser Sache zu alt. Fünfundzwanzig Jahre zu alt. Ich bin doch schon fünfzehn. Da beginnt es. Keine Mutter kann es richtig orten. Trotzdem habe ich dich schrecklich lieb. Und wie schön wäre es, wenn ich dich um Rat fragen könnte.
Aber ich wage es nicht. Geht es allen Mädchen so? Ich sitze nämlich auf dem Schleudersitz. Ich wackle. Ich kann jederzeit hinunterfallen. Und du rätst mir nicht. Zu früh! Ha. Wozu hat man Eltern? Für Rat und Tat. Sie sollten alles und sofort verstehen. Es riechen und spüren. Aber nein. Sie sagen »Kind«, und dabei bleibt es. Bis man euch verläßt. Ihr werdet schon sehen. Nicht im Bösen werde ich euch verlassen. Aber verlassen – das ist drin.
»Wollen wir noch ein bißchen üben, Kind?«
Die Mutter hob den Klavierdeckel und stellte die Noten zurecht. Mechanisch griff Beate nach ihrer Gitarre, und sie begannen zu spielen.

Marietta hatte die Heiratserlaubnis schon vorher bekommen. Sie hatte doch prima Eltern! Jerry war schließlich dreiundzwanzig und zuverlässig. »Davon haben sie sich überzeugt. Nett von meinen alten Herrschaften, was, Beate?«
Das Aufgebot hing im Standesamt, und die kirchliche Trauung war festgesetzt. Bastian, Jeremias, und Mange, Marietta. Termin: 12. 12. 11 Uhr.
»Du kommst doch zu unserem Polterabend, Beate? Soll ich den Mischa auch einladen?«
Klar. Wenn er will.
Als sie eintrudelten, war das Bierfaß bereits angestochen. Der Partykeller bei Bastians schon dick voll. Sie redeten und standen beieinander, wechselten die Gruppen und Grüppchen.

Sie waren vergnügt. Jeder sprach mit jedem. Ein herrliches Durcheinander. Ein Fest vor dem Fest. Eine Vorfreude.
Marietta trug eine weiße Bluse und einen dunkelblauen Rock. Sie sah reizend aus. Ein Lächeln überstrahlte ihre ganze niedliche Person. Sie flirtete auch ein bißchen wie gewohnt, aber immer mit einem Blick hinüber zu Jerry.
Britta und Gila ratschten: Mußte sie nun oder wollte sie bloß? So schnell entschlossen? Sie hatte Glück. Sie war direkt beim Schopf gepackt worden. »Er ist ihr über den Weg gelaufen. Das sollte so sein.« Gila kam ins Philosophieren.
»Hör bloß auf. Jetzt essen und trinken wir erst, und dann wird getanzt.«
Mischa saß hinter seinem Bierglas. Beate zupfte ihn: »Komm doch zu uns. Wo es heute so klasse ist.«
Er hob kaum den Kopf. »Bleib du mal hier bei mir. Das ist ja kein Fest, das ist ein Völkerbund. So was hasse ich.«
So. Haßte er. Er haßte ein bißchen viel und oft. Sie schmeichelte: »Komm doch. Ich weiß doch, wie gut du tanzt. Sag wenigstens was!«
Marietta setzte sich zu ihnen: »Na, ihr?«
Sie nahm einen kräftigen Schluck aus Mischas Glas.
»Also, so geht das nicht. Hier rumsitzen und nicht mitmachen. Du tanzt mit mir, Mischa, und du, Beate, mit . . . Jerry!« rief sie über alle Köpfe weg. »Komm bitte. Tanz mal mit Beate!«
»Du«, zischte Marietta Mischa beim Tanzen zu, »sei gefälligst netter zu Beate. Du sturer Esel. Hast von nichts eine Ahnung. Ich dulde das nicht.«
Und als sie seine abweisende Miene sah, sozusagen als letzte Drohung: »Weil Beate meine Freundin ist. Ich stehe für sie ein. Merk dir das gefälligst.«
Damit ließ sie ihn mitten im Raum stehen.
Es ergab sich dann von selbst, daß Beate keinen Tanz mehr ausließ. Konnte sie etwas dafür? Es tat ihr sogar unheimlich

wohl, daß Mischa nur dasaß und sich um kein anderes Mädchen kümmerte. Ab und zu nickte sie ihm zu, saß auch ab und zu einen oder zwei Tänze lang neben ihm, und er legte wie absichtslos ein paarmal seinen Arm um ihre Schultern.
»Komm doch tanzen«, sagte sie leise, »es ist so schön heute. Ich bin so glücklich.«
Punkt Mitternacht war Schluß. Morgen war das größere Fest. Beate wußte jetzt schon, daß sie in der Kirche heulen würde. Beim Anblick der glücklichen Marietta und des glückseligen Bräutigams. Und alles unter dem Ewigen Licht. Und alles für immer und ewig. Bis daß der Tod euch scheidet.
Auf dem Heimweg waren sie stumm. Sie hatte ihren Arm unter Mischas rechten geschoben, und er drückte ihn leicht. Ach, warum war der Weg so kurz? Alles bloß »um die Ecke«. Heute bedauerte sie es.
»Du warst nicht eifersüchtig, daß ich mit den anderen getanzt habe?« Eine sehr zögernde Frage.
Er und eifersüchtig? Was dachte sie sich denn?
»Könnte doch sein.« Es klang eifrig und zutraulich.
Wie bekam man nur diesen Fisch zum Reden?
Sie waren schon am Haustor.
Sie schloß auf, unentschlossen und umständlich. Es knarrte, und sie suchte nach einem schönen Abschiedswort. Lieber, lieber, guter Mi . . . Er schlüpfte mit in den dunklen Hausflur. Und plötzlich war er ganz nahe, so nahe, wie sie sich's immer gewünscht hatte. Aber es war anders. Er umschlang sie mit beiden Armen: »Du, könnten wir nicht . . . ich dachte, du wolltest es vielleicht auch so gern. Wollen wir nicht noch ein wenig beieinander sein?«
Beate ganz leise: »Nein. Das nicht. Laß mich, Mischa, bitte.« Sofort ließ er sie los. Sie waren nun einen Meter oder mehr voneinander entfernt. Seine Stimme war schneidend: »Hätte ich mir denken können. Du bist kalt wie Eis. Es ist deine große Nummer, wie?«

Sie konnte sein Gesicht nicht erkennen und hätte es so gern gesehen. Aber die Tür öffnete und schloß sich wie von selbst. Sie war allein. O Mischa. Wie sehr haben wir uns mißverstanden. Was willst du? Nur das? Und mir ist es ernst. Warum ist es so schwer, sich zu verständigen?

Frost war über Nacht gekommen. Der Frost, den man im Dezember erwartet.
Die Tage wurden für Beate leer, mühsam und sinnlos. Schon am Nachmittag hingen die Winterwolken schwer und zottig am Himmel.
Ein Tag ohne ihn war kein Tag. Das flüchtige Sehen?
Nichts. Soviel dazwischen.
Lieber Mischa. Ich habe es längst vergessen.
Manchmal schloß sie sich ein und drehte ihr kleines Transistorgerät so laut wie möglich auf. Volle Lautstärke.
Die Mutter klopfte an die Tür. »Mach auf, Kind!«
Beate rührte sich nicht.
Es pochte lauter, ungeduldiger. »Öffne sofort. Das ist ja nicht zum Aushalten.«
Poch du nur! Hör weg!
Sie lag auf dem kleinen Teppich in der Mitte ihres Zimmers und hatte das Gesicht in ein Kissen vergraben. Sie wollte nicht, daß man draußen ihr Schluchzen hörte.
Dani kratzte an der Tür. Sie ließ ihn ein. »Was ist los? Du heulst?«
»Esel. Ich habe eben Lust zum Heulen. Das ist los. Zisch ab.«

Schlimm war auch, daß sie vielerlei anfing und dann liegenließ. Ihr kleiner Schreibschrank quoll über von flüchtig beschriebenen Zetteln. Was schrieb sie denn ab? So was Unverständliches wie »Ich bin nur noch ein Nerv, der sich selbst weh tut«. Oder: »Die Voraussetzung für jede menschliche Beziehung ist das Gespräch.«

Himmlischer Vater! Elsa las es. Sie raffte das »Geschreibsel« zusammen und warf es in den Papierkorb. Ordnung muß sein, fand sie.
Beate zog ihre Zettel wieder heraus, glättete sie verbissen und verwahrte sie von nun an, vor jeder Entdeckung sicher, in ihrem einzigen verschließbaren Fach.
Manchmal brach sie zu Spaziergängen auf wie zu einer Expedition, um kurz darauf wieder daheim aufzukreuzen. Früher hatte sie jede kleine Begegnung in der Stadt dramatisch aufgebauscht, wortreich erzählt. Jetzt blieb sie wortkarg und mürrisch. Wenn Daniel sie vorsichtig fragte, fuhr sie ihn an: »Ach, laß mich in Ruhe.«
»Sie ist mitten drin«, sagte die Mutter. »Sie puppt sich ein, Philipp. Was herauskommt, müssen wir abwarten. Möglich, daß sie ihre Tage hat. Da schirmt man sich ab.«
So? Der Vater verstand nicht viel davon. Er war aber nicht sicher, ob man sie sich selbst überlassen sollte. »Vielleicht braucht sie unsere Hilfe, Clarissa. Wie war es bei dir? Vertrautest du dich deiner Mutter an?«
Nein. »Mütter verstehen nicht alles.«
Das konnte er nicht beurteilen.
Nur Elsa stellte kurz und bündig fest: »Daniel, deine Schwester ist verliebt. Wahrscheinlich ist es danebengegangen.« Elsa kannte das. Sie hatte es hinter sich und war verlobt.
Beate hörte das Gespräch zufällig – oder lag sie ständig auf der Lauer, hungrig nach Verständnis und Erklärung? – und zankte Elsa aus: »Du hörst wohl auch die Flöhe husten? He? Du spinnst. Gewaltig spinnst du. Ich und verliebt? Sehe ich vielleicht so aus?«
Ja. Ziemlich genau so.
Elsa, du mit deinem sechsten Sinn! Recht hast du. Aber der Gedanke macht mich verrückt. Sie nahm die blaue Schüssel, die in ihrer Reichweite stand, und warf sie in hohem Bogen auf die Fliesen. Es krachte unheimlich. Es klirrte und splitter-

te. Die drei sahen fassungslos zu, wie die großen und kleinen Scherben über den glatten Boden schlitterten.
»Du kollerst wie ein Truthahn«, sagte Elsa abweisend und bückte sich.
Beate kauerte neben der Eckbank und weinte leise. »Weil ich es gar nicht wollte.«
»Weiß ich ja«, sagte Daniel.
Er und Elsa fegten die Splitter auf.
Nachher meinte Elsa beherzt: »Das hast du wohl auf Mariettas Polterabend gelernt?«
Beate lächelte kläglich. Sie wollte sagen: »Macht nix.« Aber die Worte blieben ihr im Halse stecken.
Elsa sagte es: »Macht nix. Ich gehe jetzt zum Falk. Ich glaube, der hat noch solch blaue Schüsseln. Eure Mutter braucht es nicht zu erfahren.«

Beate war in der Bäckerei.
»Was? Das sagte er? So was von blöd. Hätte ich nie von ihm gedacht. Und ausgerechnet bei dir.«
Marietta stand in der Backstube und sortierte Brötchen in den großen Henkelkorb. Sie zählte halblaut.
»Mit dir! Den hat wohl der vergiftete Affe gebissen. Bei dir hat man doch sowieso Hemmungen. Du, ich rate dir eins: Laß ihn sausen.« Sie zählte weiter.
»Beim ersten ist es immer so. Ein Theater! Man denkt, man überlebt es nicht, und die Welt geht unter. Der Himmel fällt einem auf die Birne. Bitte, alle mitheulen!«
Beate lachte nicht.
Liebe Freundin Marietta! Wie gerne ließe ich ihn sausen. Aber es geht leider nicht. Weil ich ihn zu gern habe.
»So direkt. Unverschämt direkt! Ich wette, es war sein erster Hat-Trick.« Sie schüttelte ungläubig den Kopf und breitete ein weißes Tuch über den Korb. »Jedenfalls war es gut, daß du ihn stehengelassen hast. Oder hast du ihm eine geknallt? Hoffentlich.«
Nein. Keins von beiden. »Er war auf einmal fort. Schmiß die Tür hinter sich zu.«
»Dein Glück, du.«
Sagte sie: Glück? Ich habe ihn verloren. Für immer. Er ist ganz verändert. Er weicht mir aus.
»Nicht mein Glück, Marietta. Ich bin sehr traurig. Weil wir jeder was anderes wollen.«
»Man muß ihn zur Vernunft bringen. Soll ich?«
Nein, nein. Du nicht.
Beate sah sich in der Backstube um. Gab es hier nicht etwas, das man auf die Erde schmettern konnte? Den Semmelkorb? Ein Backblech? Knall-knall-knall. Ein Volltreffer. Eine Wohltat. Scheußlich, wie es hier roch. Immer nach Frischgebacke-

nem. Wie hielt Marietta das aus? Und wie verkraftete sie den Jerry? Das frühe Aufstehen? Und alles? Es kotzt mich an.
»Komm her, Kleine«, sagte Marietta. »Setz dich zu mir. Ich habe jetzt Zeit, und Jerry weiß sowieso alles. Wir müssen nicht flüstern. Der Mischa also. Ich weiß nicht, ob er deinen Kummer überhaupt wert ist. Er kann so schrecklich von oben runter sein. Zu dem würde auch ich sagen: nein.«
Doch, ihn und nur ihn. »Weil ich es mir vorgenommen habe. Vernünftig mit ihm zu reden muß doch möglich sein. Das Gespräch ist das wichtigste, weißt du. Er muß mich verstehen lernen. Er muß es einfach. Dann wird alles gut. Ich fühle es ganz genau.«
Was heißt hier »muß«? Marietta sah in Beates glühendes, ernstes Gesicht. Hoffnung und Angst zugleich waren spürbar. »Probier's«, sagte sie kurz. »Es kann gutgehen. Es kann schlecht ausgehen. Es kommt auf ihn an. Wenn du Hilfe brauchst – ich bin da. Aber wissen solltest du, daß es sehr weh tun kann. Wenn er . . .« Sie beendete den Satz nicht. Aber am Schluß seufzte sie: »Kleine, wie gern würde ich dir das ersparen.«
Seifenblasen, dachte sie, als sie den Brötchenkorb in den kleinen Lieferwagen hob. Auf einmal sind sie zerplatzt.
Es rief von drinnen: »Ietta?«
»Ja, ich komme. Beate war hier. Alles fertig. Wie viele Käsekuchen waren bestellt?«

Sie war schon angezogen, als Mischa aus Daniels Zimmer kam. Sie hatte lange überlegt, lange vor ihrem Kleiderschrank gestanden. Was zog sie an? Es konnte ja sein, daß sie nach dem Spaziergang noch ins Café gingen. Was also? Die Blusen und Röcke hingen schlaff an der Stange. Ohne Leben. Ohne mich sind sie nichts. Sie wählte den roten Pulli und den hübschen schwarzen Rock mit dem ledernen Gürtel. Was dazu? Die lange Jacke, die rotkarierte, die sie sich brennend ge-

wünscht hatte. »Die mit den weißen Pelzmanschetten möchte ich haben. Bitte, Mama.«
So gefiel sich Beate. Der Spiegel lachte. Es wird. Es muß werden. Sie brauchte Selbstvertrauen. Mut. Sie wollte. Er würde es begreifen.
Ob . . . Pah – laßt mich los, blöde Gedanken.
»Grüß dich. Ich komme ein Stück mit, ja?«
Wunderbar, wie leicht das ging. Das Als-ob-nichts-gewesen-wäre-Tun. Das Abwiegen, das Herunterspielen eines unsinnigen Zwischenfalls. Mischa machte mit. Alle Bedenken zerstoben plötzlich. Auch Mariettas Warnung. Alles ganz harmlos. Er war prima. Sie hatte es immer gewußt. Er tarnte sich zwar gern ein bißchen. Na und? Den Ausrutscher von neulich hatten sie beide vergessen. Bloß nicht darüber reden. Dadurch wird es erst unangenehm wichtig. Schließlich war er erwachsen, fast zwanzig, und sie über fünfzehn. Noch ein kurzer Sprung, die letzte Hürde. Wie vor der Lok. Dann hatte sie es geschafft. Dann konnte sie alle Zweifel, Tränen und Ängste hinter sich lassen, als wären sie nie gewesen.

Es war windig und regnerisch. Nicht eigentlich kalt, und sobald sie vor dem Stadttor waren, faßte sie nach Mischas Hand. Sie war warm und fest. Wohltuend.
»Du bist kalt«, sagte er, und seine Stimme war ruhig und besorgt. »Kalt wie Eis, deine Hand.«
Ach was, sie fror nicht. Sie liebte schlechtes Wetter.
»Kleiner Grasaff friert?«
Nein. Hat gefroren.
Die Landstraße war leer. Die windschiefen Straßenbäume schwankten, und kleine abgestorbene Äste sprangen aus ihren Kronen auf den erdigen Boden. Es sah lustig aus. Ein Zweig verirrte sich in Beates blaue Mütze und einer in ihren rotweißen Schal. Sie blieben stehen, und Mischa häkelte sie vorsichtig heraus.

Jetzt, dachte sie, jetzt gebe ich ihm einen Kuß. Er ist genau in meiner Höhe. Im selben Augenblick richtete er sich auf. Später. Später tue ich es bestimmt. Marietta, ich schaffe es.
»Wenn ich mein Abi habe, im Juni, haue ich hier ab. Ich gehe zu meinen Eltern. Die sind zur Zeit auf einem Hospitalschiff im chinesischen Meer.«
Ja, ja, das wußte Beate schon.
»Du hast Sehnsucht nach ihnen, nicht wahr?«
Ja. Das auch. »Vor allem bewundere ich sie. Ihren Einsatz.«
Natürlich. Bewundernswert. So selbstlos und immer in Gefahr. »Aber willst du nicht erst Medizin studieren?
Hier in Deutschland?«
Ja, das auch. »Später. Jetzt brauchen sie mich dort. Ich bin ja ausgebildeter Krankenpfleger. Ferienkurse. Da kriegt man 'ne Menge mit.«
Was? Wirklich?
»Wirklich. Ich will nämlich dort sein, wo's brennt. Studieren kann ich immer noch.«
Natürlich. Studieren konnte er immer noch.
Sein Gesicht hatte schon wieder den entfernten Ausdruck, den andere für Hochmut hielten. Den sie aber an ihm liebte und den sie ein bißchen fürchtete. Sie drückte seine warme Hand und blieb stehen: »Wann?«
Im Juni oder eher. »Sobald sie mich brauchen.«
Ach. »Und ich?«
»Was: Und ich?«
»Weil wir uns dann trennen müssen.« Es fiel ihr verdammt schwer, es so deutlich zu sagen. Aber nun war's raus. Gut so.
Jetzt blieb auch er ruckartig stehen. »Trennen? Sind wir denn überhaupt zusammengewesen?« Seine hellen, aufmerksamen Augen fuhren über ihre ganze Gestalt. Langsam sagte er: »Mit dir geht es mir merkwürdig. Einesteils mag ich dich. Du ziehst mich an. Und dann stößt du mich auch wieder ab. Ich kann es nicht erklären. Lange Zeit warst du für mich nur das

‚Trallala-Mädchen'. Du mit deiner ewigen verdammt-guten Laune. Das haßte ich. Denn ich weiß doch längst, durch meine Eltern, daß so wenig klappt in dieser verfluchten Welt. Verstehst du? Jedenfalls wollte ich meine Zeit nicht mit dir vertrödeln. Das war's.«

Auf dem Scheitelpunkt der Straße, von dem aus man einen umfassenden Blick über die Stadt bis hinüber zu der Burg hatte, die sich auf halber Höhe an einen Hügel lehnte, blieben sie stehen. Die Felder, während der Nacht von leichtem Schnee bestäubt, zeichneten sich in klaren Linien ab. Wie die geometrischen Figuren auf Daniels Bögen. Ordnung in der Natur. Es war beruhigend, es sah hübsch aus.

»Wenn du fort bist, wirst du mir schreiben, ja? Ab und zu? Dani sammelt seltene Briefmarken. Ist doch auch ein Grund, nicht?« Beate versuchte zu lachen.

»Siehst du, jetzt bist du wieder das Trallala-Mädchen, das nichts wirklich ernst nimmt. Stimmt's?«

Er blinzelte sie an. Er lachte auch. Er lachte sie aus.

Es war fast zuviel. Es war fast mehr, als sie ertragen konnte. Ihre Wangen waren heiß. Doch sie gab nicht auf. Sie hatte selten aufgegeben. In keiner Gefahr, in die sie sich selbst so gern hineinkatapultiert hatte. Sie hatte sogar Daniel in Lebensgefahr gebracht. Und nun ging es um Mischa. Nein – hier gab sie erst recht nicht auf.

»Ich bin nicht so trallalala. Du irrst. Ich bin sehr zäh. Ich kann durchhalten, und ich kann treu sein. Ich weiß das, weil ich es fühle. Ich könnte auf dich warten, bis du mit deiner Arbeit fertig bist. Auch wenn es lange, sehr lange dauern sollte. Ich habe es von meiner Mutter. Sie wartete auch. Neun Jahre, weißt du. Und . . .«

Er wollte sie unterbrechen, aber er lachte nun wenigstens nicht mehr.

Sie fuhr fort: »Sie wartete nicht jeden Tag oder jedes Jahr. Sie hatte Freunde, Freundschaften. Natürlich.«

Mischa war stehengeblieben und schaute in die Ferne.
»Aber sie hoffte, und so wartete sie eben doch auf ihn. Auf meinen Vater.«
Beate stand vor Mischa, ohne sich zu bewegen und einen Meter entfernt. Ganz ruhig. Ihr blondes Haar quoll unter der Mütze hervor, und der Wind zauste es. Ihre Augen waren dunkel und hielten ihn fest. Sie wollte ihn überzeugen.
Er lächelte undurchsichtig. »Und so wäre dann also für Beate Sievert alles bestens geregelt, wie? Was machst du aber, wenn ich lange nicht wiederkomme? Wenn du vergebens gehofft hast? Wenn du dann schon nicht mehr so hübsch bist wie jetzt? Wenn deine sogenannte Treue langsam, ganz langsam abblättert? Reicht es dann immer noch, dein gepachtetes Glück? Gib mir was davon ab. Du hast ja 'ne Menge. Vielleicht kann ich es brauchen, wenn ich Kranken und . . . na ja, lassen wir das. ‚Beate puella beata est' – so hängt es doch über deinem Bett. Ein hübscher Spruch – wie für dich gemacht. Versprich nicht mehr, als du halten kannst.«
»Ich kann es. Ich verspreche es, weil ich es kann und will.« Sie kam einen halben Schritt näher: »Mischa!«
Er schüttelte den Kopf und vergrub seine Hände in den Seitentaschen seiner kurzen Jacke.
Keine Verständigung möglich. Sie sah es endlich ein.
Schweigend gingen sie zurück. Kurz vor dem Tor hielt sie ihn am Ärmel fest. Sie betonte jedes Wort: »Du Idiot. Du verdammter Idiot! Es ist so, weil du kein Fünkchen Fantasie hast. Du willst in die Welt und große Taten tun. Dann geh. Ich halte dich nicht fest. Nun nicht mehr. Ich hasse dich. Du bist . . . du bist . . . ein absoluter Fehltreffer.«

Sie wurde nicht hysterisch.
Sie trug diese Enttäuschung wie jemand, der sich wappnen kann. Der noch stärker und noch deutlicher erkennen möchte, wo seine Schwäche liegt, die der Feind ausnützen könnte.

Als alle schliefen, stand Beate auf. Sie knipste die Lampe auf ihrem Schreibtisch an, nahm Papier, Lineal und Bleistift. Zog Linien, so wie sie es bei ihrem Bruder gesehen hatte.
»Das Lineal muß man ganz fest halten, Beate«, hatte Dani ihr schon oft erklärt.
Eine schmale Spalte für die Nummern. Eine breite für den Text. Rechts wieder ein schmaler Streifen. Fürs Abhaken.
Sie dachte nach. Dann begann sie:

Liste

1. Ich will immer ehrlich sein.
2. Ich will niemals einen Menschen täuschen.
3. Ich will helfen, wo es »brennt«.
4. Ich will alles ernster nehmen als bisher.
5. Ich will nicht zu schnell urteilen.
6. Ich will nicht egoistisch sein.
7. Ich will nie mehr mutwillig mich selbst und andere Personen in Gefahr bringen (Daniel!!).
8. Ich will so freundlich wie möglich sein. Zu allen Menschen, auch zu denen, die ich nicht so sehr mag.
9. Ich will ruhiger werden.
10. Ich will nicht vergeßlich sein. Ich will der Menschen gedenken, die schlimm dran sind. Zum Beispiel jemand wie Herr Möller.
11. Ich will Anni und Ursula nie vergessen. Und Clara auch nicht.

12. Ich verträglich sein.
13. Ich will gerecht sein (siehe Papa!).
14. Ich will mitleidig sein, auch denen gegenüber, von denen ich wenig weiß.
15. Ich will verläßlich sein.
16. Ich will geduldig sein (siehe Mama und Papa).
17. Ich will meine Eltern immer liebhaben und ihnen danken, daß ich leben darf.
18. Ich will das alles schwören.
19. Ich will das alles nicht nur wegen Mischa.
20. Ich will ihn immer liebhaben.

Beate Sievert, 15 1/2 Jahre

Der letzte Tanz

Eine prima Idee von Sandra, während dieser langweiligen Schulwochen, in denen sie mit Klassenarbeiten eingedeckt wurden, eine Party zu geben. Ein Lichtblick im ungeliebten Schulalltag.
»Wie viele, sagtest du, kommen?«
»Zehn Paare. Es wird klasse, sage ich euch.«
Aber wen für Gila? Wen für Britta? Wen für Beate? Sandra verriet es nicht.
Sie waren dann tatsächlich zwanzig. Heißer Pop vom Plattenspieler. Sandra stand immer noch auf die Bee-Gees? Mensch, ein alter Hut. Lieber was Flottes, ja? Laut wie in einer Discothek, aber viel gemütlicher.
Erst tanzten sie, dann aßen sie. Oder sie tanzten und aßen. Ging doch auch.
Nachher schlug Lutz Spiele vor. Aber keine mit Küsserei. Klar. Nicht. Gebongt. Er wußte was Besseres. Hatte Sandra zufällig zwei Löffel da? Und zwei Eier?

Dumme Frage! Mal wieder typisch Lutz Weinmann.
»So. Und nun Wettlauf mit einem Ei pro Löffel und dazwischen eine ganze Drehung. Dann zurück, genauso. Der Nächste, bitte.«
Kindergartenspiel! So viele Eier hatte Sandras Mutter nicht im Kühlschrank.
Was anderes! Personenraten? Wer fing an?
Gila. »Also: Ihr fragt, und ich antworte, aber nur mit ‚ja' oder ‚nein'. Kapiert?«
Also doof waren sie nicht.
Dann los!
»Bist du ein Mensch?« – Ja.
»Bist du ein männliches Wesen?« – Ja.
»Bist du berühmt?« – Ja.
»Kenne ich dich?« – Jein.
»Bist du manchmal im Fernsehen?« – Ja.
Immer »ja«. Ein blödes Spiel. Sie schnatterten durcheinander.
»Ich weiß, wer's ist!« rief Synja, die Jüngste und Niedlichste.
Na, wer denn?
»Der aus Holland. Aber ich komme nicht auf den Namen.«
Wenn sie den Namen nicht rausbrachte, galt es nicht.
Ach, hören wir auf.
»Ja, hören wir auf«, sagte auch Mischa und stellte den Plattenspieler wieder an. Wie vorher, tanzte er ganz selbstverständlich immer nur mit Beate. Rock and rock around the clock . . . und immer wieder und wieder. Es war wie damals auf dem Kirmesball, als sie denselben Tanz mit Jerry aufs Parkett gelegt hatte. Aber jetzt war es viel schöner. Die anderen sahen ihnen eine Weile zu. Der Mischa! Nicht zu glauben. Den hatte es erwischt.
Der sonst nie tanzte. Der ein Muffel war. Ein echter Partymuffel. Und ausgerechnet mit Beate! Mit der uneinnehmbaren Festung. Ob das schon länger ging mit denen? Wußte Sandra nicht, wann . . .

»Ich? Wieso? Keine Ahnung. Ich bin ja mehr mit Daniel zusammen. Und der sagt nichts.«
Ach so.
Und sie tanzten. Keinen Rock and Roll mehr. Langsamen Walzer und Tänze, die sie erfanden. Dazwischen einmal einen Reigentanz. Alle. Den griechischen. »Ich zeig's euch«, sagte Gila. »Meine Eltern waren mal im Urlaub auf einem Schloß. Dort übten sie solche Reigen. Ganz klasse. Einen Fuß vor, dann zurück. Seitlich und Partnerwechsel.« Sie verhedderten sich und lachten, aber dann begriffen sie es doch. Sie verbanden sich mit den Armen auf den Schultern und bewegten sich wiegend im Takt der gleichförmigen Rhythmen. Langsam und ohne zu reden. Sie fühlten sich im Tanz verbunden, die Jungen und Mädchen, die sich schon so lange kannten und nun erst fühlten, wie nahe sie sich waren.
»Ich kann nicht mehr«, sagte Beate und sah Mischa an, »holst du mir einen Saft?«
Er war schon fort und gleich wieder da.
Sie verstand an diesem Abend vieles nicht. Sie wollte es gar nicht. Nicht fragen. Es könnte kaputtgehen. Und vielleicht war es wirklich nur ein Hirngespinst.
Zuletzt legte Gila ihre Lieblingsplatte auf: »A whiter shade of pale«. Was hieß denn das? Übersetz das mal!
Niemand konnte es genau. Entweder: »Ein weißer Schatten von blaß« oder »Eine hellere Schattierung von weiß«. Ein Orakel. Lassen wir das. Hören wir zu und tanzen wir danach.
Sie taten es schweigend.
Sandras Mutter schaute zur Tür hinein. »So ruhig hier?«
Ja, ja. »Alles okay, Mami.«

Es ist nicht wahr. Es kann nicht wahr sein. Sie lag und träumte. Er war gut und liebevoll gewesen. So, wie sie ihn sich immer vorgestellt hatte. Es war kein Irrtum. Lieber nicht grübeln. Nicht zweifeln. Morgen.

Daniel brachte die Nachricht aus der Schule mit nach Hause. Nicht, als ob er sie als besonders wichtig empfand.
»Der Mischa ist weg. Gestern bereits. Ganz plötzlich. Irgendwas ist mit seinem Vater los. Sepsis, glaube ich. Er ist Arzt und hat sich . . .«
Beate konnte sich nicht rühren. Sie sagte kein Wort. Sie fühlte auf einmal nichts mehr. Es war, als senke sich eine völlig unerwartete Stille auf sie herab. Sie wurde ganz matt und gleichgültig. So? Der Mischa?
Nachher, in seinem Zimmer, schüttelte sie Daniel: »Sag mehr! Was ist? Wo ist er?«
Daniel versuchte, sie zu beruhigen: »Der Mischa. Ich weiß nichts Genaues. Du bist doch nicht etwa in den . . .? Ich kenne ihn ganz gut. Einmal sagte er so nebenbei: Deine Schwester ist nett, aber nicht mein Typ. Sie ist mir zu oberflächlich.«
»Das sagte er? Sagte er auch: Trallala-Mädchen?«
Was? Nie gehört. Und sie war ja keins. »Der wollte einfach weg. Dem war ‚das Nest' zu eng. Der wollte was anderes. Was Größeres. Wirklich, Beate. Niemand konnte den halten. Du siehst es ja.«
»Dich nannte er mal einen Trottel Wie findest du das?«
»Ist mir schnurzegal, was die Leute über mich denken.«
Na, wunderbar. Was für einen tollen Bruder sie hatte.
Dann rannte sie zu Sandra. Die wußte auch nichts Näheres. Leider. »Der war doch immer so kaltschnäuzig. Und ob Daniel heute mit ihr mal . . .
»Ach, Mensch, Sandra, frag ihn doch selbst.«
Marietta begriff sofort: »Gemein. Sagte ich ja, ihr paßt nicht zusammen. Hoffentlich hast du ihm nicht gesagt, daß du ihn so gern hast. Das schreibt der bloß auf sein Plus-Konto. Und dann ab. Hast du?«

Ja. Alles. Ohne Umschweife. Schon lange.
Noch gemeiner. »Er hat dich auf den Arm genommen und wußte bestimmt schon, daß er sich dünne macht. Es gibt so Jungen, die können das. Jerry, komm mal!«
Nein, nein. Beate hielt sich die Ohren zu. »Er ist nicht gemein. Ich habe ihn . . . ich meine, ich ließ ihn nicht in Ruhe. Er ist in Ordnung.«
Sie lief aus dem Laden. Jerry und Marietta sahen ihr nach. »Sie muß sich auslaufen. Ging mir genauso, ehe ich dich kannte«, sagte er.
»Armes Ding«, flüsterte Marietta und folgte ihrem Mann in die Bäckerei.
»Heute abend rufst du mal bei Sieverts an«, schlug Jerry vor. »Dann könnt ihr euch ausquatschen.«

Beate ging schnell. Es war ihr vollkommen gleichgültig, wohin der Weg sie führte. Mischa war fort. Eine schlimme Nachricht. Sie wunderte sich, daß sie nicht sofort umgekippt war. Ohne das geringste Zeichen: fort!
Was hatte er zu Daniel gesagt? »Deine Schwester ist nicht mein Typ. Sie ist mir zu oberflächlich.« Wann, wann hatte er das gesagt? Doch nicht jetzt, sondern vor langer Zeit. Bestimmt. Und was sollte das überhaupt heißen: Nicht mein Typ? Hat man immer nur »seinen Typ« wirklich gern? Und wer war »sein Typ«?
Sie wollte zu Mischa gehören, ganz egal, ob sie sein und er ihr Typ war . . .
Im hastigen Dahinschreiten, die offene Landschaft vor Augen, wurde sie ruhiger. Klarer im Denken und Abwägen. Wie war es gekommen? Wann war es geschehen, daß sie sich rettungslos in ihn verliebt hatte? Auf der Eisenbahn, als er nichts anderes im Sinn gehabt hatte, als sie madig zu machen? Der erste Junge, der sie unverschämt anschrie. Nein, da noch nicht. Aber wann sonst?

Als sie ihn im Zug traf nach dem scheußlichen Erlebnis mit Udo? Da hatte Mischa sie nett behandelt, nett und gleichgültig. Auch damals hatte sie noch nichts weiter als Dankbarkeit für ihn empfunden. Wann also bloß?
Doch: damals! Als sie ihm nachschaute. Wie er sein Moped aus dem Bahnhofsschuppen zog und aufsaß. Kerzengerade, unangefochten. Seiner selbst absolut sicher. Selbstsicher. Sie wußte da noch nichts über seine Zukunftspläne. »Ich will dort sein, wo ich gebraucht werde. Wo's brennt.« Nein, davon hatte sie noch nichts geahnt.
Aber wie er davonfuhr, ohne nach rechts und links zu blicken – das hatte ihr wahnsinnig gut gefallen.
Himmel, wie seltsam! Wie langsam ein Gefühl wächst. Ein Puzzle aus lauter Kleinigkeiten, und plötzlich ist es eine Woge, die einen überschwemmt.
Dann nennen sie es Liebe oder Zuneigung. Manche sagen sogar »Schicksal« dazu.
Ach, wie gern hätte sie sich ihm ergeben. Aber es war so unerwartet und auch viel zu früh. Sie war unvorbereitet gewesen. Nicht, Mischa! Nein!
Vielleicht, in der weiten Ferne, wenn er an sie dachte, würde er genau fühlen, daß sie nicht oberflächlich war. Kein Tralla-la-Mädchen. Am letzten Tag mußte er es gemerkt haben. Beim letzten Tanz. Noch einen Tag, noch eine Woche, noch einen einzigen Monat hätten wir gebraucht, und wir hätten uns gefunden. Für immer. Komm wieder, Mischa! Es fehlt uns nur eine kurze Zeitspanne . . .

Wo war sie jetzt überhaupt? Sie kannte die Gegend nicht. War nie hier gewesen. Sonderbar. Sie mußte es Dani erzählen, wenn sie am Abend wieder daheim war.
Dort, der Weiher? Wer hatte ihn hierher gezaubert? Sie blieb überrascht stehen und beobachtete die Bleßhühner, die laut schnatterten und sich dabei den Bauch kühlten.

Sie setzte sich auf einen Baumstamm am Ufer und schaute über die leicht bewegte Wasserfläche.Es begann zu schneien. Leise, sanft. So wie man es als kleines Kind liebt, wenn man im warmen Zimmer bei der Mutter sitzt, zum Fenster hinausschaut und sich unheimlich geborgen fühlt, aber die Mutter gleichzeitig drängelt, jetzt sofort den Schlitten aus dem Keller zu holen . . .

Es schneite immer dichter.
Ich bleibe eine Weile hier, dachte Beate. Es ist so still. Kein Laut. Hier fragt niemand: »Hast du schon gehört, daß der Mischa abgehauen ist?« Ich? Wieso ich?
Nein, hier war sie sicherer als zu Hause. Das klare, fast durchsichtige Wasser des kleinen Sees wurde mehr und mehr ins gleichmachende Weiß der Flocken gehüllt. Ein kleines Schauspiel, das ungemein beruhigte.
Sie zog ihre Kapuze ins Gesicht und merkte, wie die Nässe in den Stoff ihres Anoraks zog. Der Himmel war tiefer gesunken, die Wolken wie Kulissen vom Schnürboden auf die Bühne heruntergelassen. Sie stießen schon an die Spitzen der Fichten und Kiefern.
Wie lange saß sie bereits hier? Woher war sie gekommen, und wohin mußte sie jetzt zurück? Sie lief einmal in die eine und gleich darauf in die entgegengesetzte Richtung. Nur dort waren schmale Wege auszumachen. Auf einem mußte sie hierhergekommen sein. Unsicher lief sie hin und her – alles schien verbaut. Kein Ausweg.
Ohne es zu wollen, geriet sie tief ins Dickicht. Sie kauerte sich unter eine Fichte, deren Zweige niedrig hingen. Die feinen Nadeln stachen. Es roch gut. Harzig. Als kleine Kinder hatten sie das Harz von den Bäumen gekratzt, es zu einem Klümpchen geformt und daran gelutscht. Daniel und sie. Lange her. Sie schloß die Augen. Mischa. So weit hast du mich gebracht. So weit habe ich mich gebracht. Du bist fortgegangen. Sie

werden sich wundern, und ich muß antworten. Britta und Sandra. Und Dani und Gila. Alle. Papa wird nicht fragen. Er wird sagen: »Na, Augusta? Was über die Leber gelaufen?« Und dann wird er keine Antwort erwarten. Nur lächeln. Papas geliebtes Lächeln. Sie sähe es jetzt so gern.

Dani! Dies ist hier kein dämliches »Rettungsspiel«. Oder doch? Ich bin, wie du damals, vom hohen Roß gefallen und auf den Boden der Tatsachen geknallt. Ein wehrloser Maikäfer. Ein wehrloser Grasaff. Du verstehst mich nicht? Mama, Papa! Ich bin nämlich schon lange nicht mehr eure »problemlose Tochter«. Ich bin gar keine glückliche Natur. Kein Glückskind. Es war so leicht zu denken: Beate? Die macht es schon . . . In der Glückshaut geboren? Ihr glaubtet es alle. Mama, ich hätte es ganz gern gehabt, wenn du mich ein bißchen öfter an den Ohren gezogen hättest. Er ist mir anscheinend nicht besonders bekommen, der Freiraum, den Papa uns einräumte. So weit, wie die Stadt reicht, und weiter. Und so weit, wie eure Geduld reichte. Ich müßte jetzt nicht so viel bereuen. Ich habe viel verpaßt, vieles falsch gemacht.

Sie wurde müde. Denken macht müde. Schlaf! Komm, süßer Schlaf!
Woher hatte sie diesen Satz?
Von Papa natürlich. Er liebte es, ihnen am Abend das vorzulesen, was ihm selbst am besten gefiel. Woher diese Zeilen? »Komm, süßer Schlaf . . .«
Papa und Mama, ihr dachtet, ihr macht es richtig. Bin ich schuld, daß es nicht so war?

Sie lugte unter dem schützenden Fichtendach hervor. Der Himmel war bleigrau. Kein Mond. Kein Stern. Kein Licht. Saukalt. Naß bis in die Stiefel, die Zehen schon gefühllos.

Steh auf! Du mußt heim! An einem Weiher kamst du vorbei. Such ihn! Von dort aus wirst du zurückfinden.
Sie fand ihn nicht. Er war weg. Vom Erdboden verschwunden. Eingesickert. Sie legte ihre Hände an den Mund und rief, so laut sie konnte: »Hallo! Hallo! Ist da einer?«
Es hallte zurück, leiser und hohl: Hallo! Hallo! . . . Keiner, keiner, keiner.
Müde. Sie stolperte zurück und fiel in ein Loch. Darin war es weich und warm. Geschützt. Gute Erde, liebe Erde. Beate zog die herumliegenden Zweige über sich und lehnte sich gegen die erdige Wand. Sie merkte nicht mehr, daß sie zusammenrutschte. Sie träumte schon.
»Wie schön du das kannst!« sagte er. »Du hast es schnell begriffen. So, und nun den Bogen rechts und dann nach links. Ich halte dich fest.«
Sie lachte. »Ich kann alles, was ich will. Wußtest du das nicht? Wenn du es willst, Mischa, kann ich es noch besser. Schau die vielen Löcher, die wir ins Eis gehackt haben . . .«
Ich nicht, ich nicht. Verzeih mir! Könntest du mich nicht ein wenig liebhaben? Dich? Du bist nicht mein Typ, nicht mein Typ. Laß mich los, du Biest. Udo! Hilfe, Hilfe!
Sie erwachte von ihrem eigenen Schrei und kam langsam zu sich. Wo war sie? Sie befühlte ihre Arme, ihre Beine. Warm vom Schlaf. Ein schöner Traum. Eine häßliche Erinnerung. Was von beiden ist das Leben?
Sie war auf einmal ganz munter, ganz da. Eins war ihr klar: sie mußte hier heraus. Das Erdloch war kein warmes Bett. Höchstens für wenige Minuten, für eine halbe Stunde. Nicht länger. Und wenn sie noch einmal einschliefe?
Sie fühlte, wie die feuchte Kälte an ihr hochkroch. Mit aller Kraft versuchte sie, sich hochzuziehen. Es gelang nicht. Los, rette mich, Dani. Du mußt es endlich lernen. Streng dich an. Ich habe es dir ja beigebracht, wie man mutig wird. Anwendung der Übung, Dani.

Er war nicht da. Sie mußte sich selber helfen. Wie immer. Kalt. Hunger. Dunkel. Das muß ich überstehen. Einmal wird es Morgen. Dann weiß ich, wo ich bin. Sie rieb ihre Backen, ihre Nase. Kein Tempotaschentuch? Sie wischte mit der Hand die Nässe vom Gesicht.

Wachbleiben, wie macht man das, wenn man so müde ist? An die Eltern denken? An Daniel? Noch lieber an Mischa. Wo konnte er jetzt schon sein? Auf dem Lazarettschiff? Per Flugzeug. Und keine Nachricht hinterlassen. Keinen Gruß: »Liebes Trallala-Mädchen, ich bin nun fort. Aber ich werde dir schreiben. Aus allen Ländern der Erde. Von dorther, wo's brennt. Ich habe dich nämlich auch sehr gern. Der Tanz war schön, Beate. Ich liebe dich . . .«

O ja.

Wie lange dauert eine Nacht im Dezember? Sie verfluchte ihre Nachlässigkeit, niemals ihre Uhr umzulegen. Du hast recht, Dani, ohne Uhr ist man irgendwie hilflos. Ich habe dich ausgelacht. Ich wollte die Stunden nie zählen. Lange her. Jetzt zähle ich sie, aber ich sehe keinen Zeiger.

Lauter Warnungen. Wie viele habe ich in den Wind gepustet? Clara, was für ein spannender Roman. Ich gebe dir gute Ratschläge, Clara! So was tut man nicht. Man muß vorsichtiger sein. Armes Ding. Ein Jahrhundert her. Verbrennen wir ihre Blätter, Daniel . . .

Beate sah sie alle. Mit offenen Augen sah sie eine lange Reihe: Ursula, Clara, Anni, Tadeuz, Herr Möller . . .

Nicht wieder einschlafen. Es ist kalt und naß. Aushalten bis zum Hellwerden.

Sie begann, vor sich hinzusprechen. Aneinandergereihte Wörter. Welche fielen ihr jetzt ein? Ewig. Klang. Das ewige Licht. Augusta. Iris. Lobesam . . .

Als Kaiser Rotbart lobesam zum heil'gen Land gezogen kam, da mußt' er mit dem ganzen Heer durch ein Gebirge wüst und leer. Daselbst erhob sich große Not, viel Steine gab's und

wenig Brot . . . Da sprengten plötzlich in die Quer siebzig (oder vierzig?) türkische Reiter daher . . .
Wie ging's bloß weiter? Sie hatten es im vierten Schuljahr gelernt oder im fünften. Als sie die Kreuzzüge behandelten. Ein tolles Gedicht. Eine Ballade, Beate. Ja. Ach so. Der Rest? Vergessen. Lieder ohne Worte. Bitte das fünfte Venezianische Gondellied. Sie waren in Venedig gewesen, die Eltern. In den Flitterwochen. Flittern, ein hübsches Wort. Man hörte, wie es zwischen ihnen »flitterte«. Daniel erfand »glittern«. Gibt es das Wort? Eine Erfindung von Daniel Sievert. Steht jetzt im Duden. Lexikons – Lexika.
Kalt. Wenn doch die Sonne käme. Sie ist immer da, auch wenn man sie nicht sieht. Sie schläft nie. Ich will nicht einschlafen. Ich will nicht, ich will nicht. Da ist ein Brief von Mischa. Gib her, aber schnell.

Sonne, komm! Du mußt nicht scheinen. Du sollst es nur hell werden lassen.

»Schönes Licht, das uns warm hält . . .
Daß ich wieder sehe und dich wiedersehe . . .«

Mama. Weine nicht. Es schadet deinen Augen.

»Nichts Schöneres unter der Sonne,
als unter der Sonne zu sein . . .«

Beate konnte nicht mehr unterscheiden, ob sie es war, die hier kauerte, oder eine andere, die ebenfalls fror und kauerte und sie beobachtete. Listig wie eine Eidechse mit ihren flinken Augen. Wie ein Blitz traf sie dabei die Erkenntnis, daß sie ihren Bruder Daniel durch all die Jahre hindurch so listig belauert hatte wie das fremde Mädchen neben ihr in dem Erdloch. Daniel! Ich habe dich getestet, dich beobachtet und kritisiert.

Heimlich und offen. Ich wollte dich anders haben, als du bist. Ich wollte einen Helden, einen Mutprotz aus dir machen. Ich muß verrückt gewesen sein. Verzeih mir, verzeih mir, daß ich das versuchte. Ich war dumm und hielt mich für super. Ach. Du bist super, du, mein Bruder.
Wenn ich je aus diesem Loch zurückfinde, will ich dir die beste Schwester sein, die du haben kannst. Die du verdienst. Nie mehr werde ich von dir verlangen, was gegen deinen Willen ist. Nie mehr.
Es gelang Beate tatsächlich, noch eine Zeitlang halbwach zu bleiben. Sie kam nicht, die Sonne. Wie lange dauert eine Nacht im Dezember? Wann endlich tastete sich die erste Morgendämmerung durch das Dickicht?
Beates rot-weißer Schal hing naß und schlaff an einem Ast. Wann hatte sie ihn daran befestigt?

Sie fanden sie vier Stunden nach Mitternacht.
Marietta hatte gesehen, welche Richtung sie eingeschlagen hatte. Sie waren drei: Jerry, der Vater und Daniel. Er entdeckte den Schal.
»Hier«, schrie er, »kommt hierher!«
Sie lag wie leblos, das Gesicht auf die Brust gesunken. Die Arme verschränkt. Mit einem Griff hob Daniel sie heraus und trug sie zu Jerrys Kombi. Da waren Decken. Da waren Gesichter und Küsse. Da war auch das Geräusch anderer Stimmen. Rufe. Da war Papa.

Aus ihrer Rückkehr machten sie keine große Szene. Sie hatten sie rechtzeitig gefunden. Immer ein wenig leichtsinnig, die fünfzehnjährige Beate Sievert!
»Man verirrt sich leicht in unseren Wäldern«, sagte ein Mann bedächtig. Was sagten andere? »Sie wollte wohl . . .«
Unsinn. Alles Unsinn. Marietta kannte ihre Freundin besser. Es gab genug Gelegenheit, die Dinge ins Lot zu bringen. »Quatschen Sie hier nicht rum. Ich kenne Beate genau. Ein prima Mädchen.«
Jerry verbot ihr derartige deutliche Zurechtweisungen. »Ietta. Es stimmt ja alles. Aber wir haben ein Geschäft und brauchen die Kundschaft.«
Natürlich. Jerry. Klar, Jerry. »Aber Beate wollte ganz bestimmt nichts Dummes machen. Nicht irgendwas Schlimmes. Sie ist klug. Sie überlegt, die Beate. Ich kenne sie.«

Beate verschlief den ganzen nächsten Tag. »Unterkühlt. Bis zu dem Punkt, an dem man noch Überlebenschancen hat«, sagte der junge Doktor. »Ein Glück, daß sie sich warmschlief, dazwischen wahrscheinlich. Und sie ist jung, und sie wollte nicht sterben. Das ist das Allerwichtigste.«

»Welchen Brief?« fragte die Mutter.
»Welchen Brief?« fragte Daniel verwundet. Sollte er mal bei Marietta vorbeigehen?
Nein. Nicht. Wenn, dann kommt sie von selbst.
Es kam kein Brief. Aber es kamen Blumen und von Sandra eine selbstgebastelte Puppe. Wie süß! »Ich glaube, ich fange an, Puppen zu sammeln. Meine sind noch irgendwo, nicht wahr, Mama? Die von früher. Die Elvira und der Tomy.«
Sie holten die beiden Puppen aus der Bodenkammer, und Elsa wusch und bügelte die Höschen und Röckchen. Auch die Por-

zellangesichter rieb sie vorsichtig ab. Nun saßen sie auf dem Regal des Klappbettes.
Marietta kam mit einer Torte. »Von Jerry für dich.«
Danke. »Aber ich kann sie nicht essen. Mir ist immer noch so mulmig – ach, ich weiß nicht.«
»Gut, dann bekommt Daniel die Torte.« Auch der hatte keinen Appetit? Die praktische Marietta nahm die Torte wieder mit. »Verkaufen wir sie, aber die nächste kriegst du.« Ihr war immer ein bißchen komisch. Übel. »Siehst du's schon?«
Was?
Na das.
Sie umarmten sich und weinten ein bißchen. Zu dumm, wo es doch ein reines Glück war.
»Ist ein Brief da?« fragte Beate leise.
Nein.
Sie lag und dachte an ihn. Wir hätten es schaffen können, Mischa. Du warst mir so wichtig, und ich wäre dir wichtig geworden. Ich fühle es. Ich weiß es. Ich habe Fantasie.

»Warum, Beate?« fragte der Vater.
Da saß er auf ihrem Bettrand und fuhr sich durch das graumelierte Haar, das sich nie ordentlich um seinen Kopf schmiegen wollte. Er trug ein Tweedsakko und eine Flanellhose ohne Bügelfalte. Er haßte das Geschniegelte und Gebügelte. Er war uneitel. Er war siebenundvierzig, wirkte aber viel jünger. Nur ganz aus der Nähe konnte man die Fältchen unter seinen Augen erkennen.
Daneben Mama. Schlank und sportlich. Man sah ihr an, daß sie einmal eine aktive Sportlerin gewesen war. Juniorenmeisterin im Tennis. Aber dann hatte sie keine Zeit mehr dafür. Zwei kleine Kinder, und Papa bemalte lieber Zinnfiguren. Tennis? Nein. Mamas Augen. Schöne Augen mit langen Wimpern. Immer leicht verschleiert. Der sanfte Blick der stark Kurzsichtigen.

»Warum?« wiederholte Beate die Frage ihres Vaters. »Ich weiß es nicht. Ich wollte bloß fort. Nur für eine kurze Zeit. Ich wollte Ruhe haben, den Kummer loswerden. Irgendwo unterwegs. Oben am Himmel, wo die Vögel kreisen. Wußtest du, daß sie meist zu zweit sind, die Raubvögel?
Natürlich. »Meist zu zweit. Dann überlebt man besser.«
Sie wollte auch überleben. »Ich dachte an euch und den Schmerz, den ich euch zufügen würde. Nur noch ein Grab: Auf Wiedersehen im Himmelreich.«

Ach, sie war immer noch nicht ganz hier, ihre Tochter. Sie war irgendwo gewesen, wohin man selten kommt. Sie hatte Daniel den Weg und den Weiher beschrieben. »Und sie gluckten und schnatterten, Dani. Wir müssen einmal hin.«
War sie schon beinahe wieder die Beate von davor?
Sie schüttelte den Kopf und zog den Bruder näher zu sich: »Du, ich habe sie abgestreift, die sagenhafte Glückshaut. Du weißt, was ich meine? Irgendwo liegt sie. Im Wald. Am Weiher. In dem Erdloch. Sonstwo.« Dann noch leiser: »Glückspilze und Glücksfeen gibt es nur im Märchen. Verstanden?« Sie packte seinen Kopf: »Trotzdem, ich gebe nicht auf. Eines Tages kommt er zurück. Ich weiß es.«

»Was haben wir falsch gemacht, Clarissa? Was? Um ein Haar hätten wir sie verloren. Und wir wußten es nicht einmal. Das von diesem Mischa.«
Nein.
»Wir wußten es nicht. Aber verstehen kann ich sie. Dieser junge Mann hat etwas Besonderes an sich. Etwas Herrisches. Das mag sie angezogen haben. Ihr gefiel seine Überlegenheit. Sie fühlte es und wollte ihm gewachsen sein. Aber Liebe? Sie ist doch noch ein Kind.«
Das sagte sie? War sie auch noch ein Kind, als sie dem Philipp Sievert nachjagte? Er lächelte, und sie schwieg.

»Sie ist kein Kind mehr. Genausowenig wie du damals. Da wuchs es in ihr, in dir, das neue Gefühl. Ich frage mich in den letzten Tagen oft: Wann begann sie, die Kinderschuhe auszuziehen? Hätten wir es nicht merken müssen? Wir waren doch immer um sie.«
Clarissa zuckte die Schultern: »Ja, wann? Waren wir zu tolerant? Mischten wir uns zu wenig ein? Ach, Philipp! Was ist das überhaupt, Erziehung?« Sie lächelte unsicher.
»Ich erinnere mich der Abschiedsvorlesung unseres Psychologie-Professors. Er sagte: ‚Meine Damen, meine Herren! Ehe ich Sie nun auf die Menschheit loslasse – id est: auf Ihre Schulklassen –, möchte ich Ihnen einen einfachen Satz unseres alten Herrn Pestalozzi mit auf den Weg geben. Er lautet: Erziehung ist Beispiel und Liebe – sonst nichts.‘ Sonst nichts«, wiederholte der Vater ernst und nachdenklich. »Und doch, es ist alles.«
Seine Frau hatte ihren Kopf an seine Schulter gelegt. »Sie wird es wiederfinden, das Glück, das sie verloren glaubt. Es wird ihr bleiben. Denn sie hat eine wichtige Gabe, Philipp: Sie kann hoffen. Und sie ist voller Liebe. Ein guter, ein ehrlicher junger Mensch.« Sie verbesserte sich sofort: »Unsere gute, geliebte Tochter.«

Sie standen wieder am Fenster und schauten in den Garten hinunter. Es war Februar, und die Sonne stand schräg am Himmel. Ihre Strahlen wärmten schon. Aber die Beete schliefen noch, und das welke Blattwerk der Iris war in den Boden gekrochen. Alles noch grau und leblos.
»Aber sie werden wiederkommen, die Iris. Weißt du noch, Dani, unser erster Morgen?«
Ja. »Und du wolltest unbedingt . . .«
Ach, lassen wir das.
»Und die Scheune soll wirklich abgerissen werden?«
»Das erlaube ich nie.«
Doch, Parkplätze sind geplant.
Schlimm. Schade.
»Aber um den Garten kämpfe ich, daß du's weißt.«
»Ich auch. Ich nehme die Heugabel und du . . . du . . .«
Es fiel ihm nichts ein.
»Es ist Unsinn, Dani. Es ist immer Unsinn, etwas erzwingen zu wollen. Man muß abwarten können.«
»Du wartest auch?« Er sah sie mitleidig an.
Von unten rief es. Sandra: »Du, Daniel, kommst du? Wir könnten mal ein Stück laufen.«
»Geh, Dani, geh. Sie wartet auf dich.«
Aber dann kam Sandra doch die Treppe heraufgestürmt.
Sie hatte beinahe so helles Haar wie Beate, und es wehte. Jetzt war sie ganz außer Atem. »Du, Beate! Habe ich fast vergessen. Diese Jacke, ich trug sie lange nicht. Da ist . . . hier, das ist für dich.«
Erst als sie beide gegangen waren, öffnete Beate den zerknautschten Umschlag. Ein Brief. Der Brief.
Sie las: »Ich gehe nun fort. Für lange Zeit.
Warte nicht, Grasaff, kleiner.

Dein Mischa.«

Mitten im Sommer verließen sie die kleine Stadt. Das Amtsgericht wurde aufgelöst. »Im Zuge der Gebietsreform wird das Amtsgericht Hofbergen ab . . .!«
Vater würde wieder an seinem früheren Gericht arbeiten, Recht sprechen. Es war Nachmittag, als sie dem Möbelwagen durch das Stadttor folgten.
Marietta hatte geweint, Sandra an der Ausfahrt gewinkt, und ein paar Leute waren gekommen, um sie zu verabschieden.
Elsa fuhr mit ihnen. Sie sollte beim Einzug helfen – wie damals. Dann würde sie zurückkehren, um zu heiraten. Liebe, verständnisvolle Elsa!
Durch das Rückfenster sah Beate auf die fliehende Straße, auf der sie so oft gegangen, gerannt oder gefahren war. Zwei Stunden nur bis zur Stadt? Es war schön, zu fahren und ein Ziel zu haben.
»Wir sind bald da«, sagte der Vater.
Schon?
Fahr weiter, Papa, fahr weiter! Bis nach China – oder dorthin, wo er jetzt ist.
Ich hole dich ein, Mischa. Wir werden uns wiedersehen. Ich hoffe es. Ich weiß es. Ich bin glücklich.